L'INITIATION
Une jeune fille à la page

HELENA VARLEY

L'INITIATION

Une jeune fille à la page

LE GRAND LIVRE DU MOIS

PRÉFACE

Paru en 1938, *Une jeune fille à la page*, a été attribué à Michèle Nicolaï, auteur de nombreux romans galants *(Le baiser du Sud)* et de romans policiers *(Pas même un slip pour l'assassin)* de l'entre-deux-guerres. L'éditeur Maurice Duflou l'enrichit d'illustrations bien évidemment anonymes, mais qu'on peut attribuer sans nul doute à Paul-Émile Bécat. Laissons Jean-Pierre Bouyxou s'en faire le biographe : « Né à Paris le 2 février 1885, mort en 1960, celui-ci avait été l'élève de G. Ferrier et surtout de François Flameng, peintre d'histoire naguère célèbre. Pratiquant indifféremment la peinture et la gravure, il obtint le Grand Prix de Rome et, à partir de 1913, exposa ponctuellement au Salon des Artistes français où il rafla tour à tour une médaille d'argent et le prix R. Rougé. Il s'était fait une spécialité des portraits d'écrivains, signant notamment ceux de Paul Valéry, de Paul Claudel, de Léon-Paul Fargue, de Jules Romains et de Valery Larbaud. Fort apprécié des éditeurs, il illustra de nombreux livres : *Solitudes* d'Édouard Estaunié, le *Georges Duhamel* de Luc Durtain... C'est pourtant dans la production clandestine de Bécat qu'il faut, à notre humble (et partial) avis, chercher le meilleur de son œuvre. Il enlumina en effet plusieurs textes scabreux pour des éditions de luxe et, visiblement, prit un grand plaisir à effectuer — anonymement — ces travaux où pouvait s'exercer librement la truculence qu'il devait ordinairement brider. Les textes anciens l'inspiraient particulièrement car, ayant mis à profit les leçons de Flameng, il avait une évidente prédilection pour les scènes dites « en costumes » — même s'il représentait essentiellement des personnages dévêtus. Ainsi, parmi les polissonneries qu'il eut à illustrer, distingue-t-on, pour leur chaude sensualité, celles de l'Arétin, dont *Les Ragionamenti* en deux volumes (1944 et 1959). Pierre Louÿs trouva également en lui l'un de ses meilleurs illustrateurs, de l'*Histoire du roi Gonzalve et des douze princesses* (1935) aux *Chansons secrètes de Bilitis* (1938). Ce fut après la Seconde Guerre mondiale que l'activité de Bécat dans le champ de l'érotisme fut la plus intense. Il illustra successivement *Le Doctorat impromptu* de Nerciat (1946), les *Œuvres Badines* de Piron (1949), *L'Œuvre libertine des poètes du XIXe siècle* éditée par Briffaut (1951), *La Religieuse* de Diderot (1957), *Thémidore* de Godart d'Aucourt (1959), ainsi que plusieurs volumes parus dans la collection « Le Coffret du Bibliophile » : la *Correspondance de madame Gourdan, dite la Comtesse* (1954), *La Belle Alsacienne ou Telle Mère, Telle Fille*, roman attribué à Antoine Bret (1958), *L'Apprentissage amoureux* de Georges Marilly (1959). Ces livres étaient publiés au grand jour et leur illustrateur (qui signait nommément) devait en conséquence se limiter à une galanterie légère, acceptable par la censure. Il n'évitait pas toujours, malgré son habileté, une certaine fadeur dont étaient, par contre, rigoureusement exemptes les images infiniment plus osées — c'est-à-dire franchement pornographiques — qu'il avait autrefois produites (et qu'il lui arrivait encore, à l'occasion, de faire, notamment pour illustrer en 1948 les *Œuvres Libres* de Verlaine) dans la clandestinité. Là, et seulement là, son style trouvait toute sa vigueur. Si son œuvre maîtresse demeure indubitablement l'album *Huit images avec leur texte*, d'une suave obscénité, qu'il avait fait paraître en 1932, ses illustrations pour *Une jeune fille à la page* n'en comptent pas moins parmi ce qu'il fit de plus admirablement juteux. »

Après la publication de *Colette ou les amusements de bon ton* et *Dévergondages*, il était tout à fait naturel que la Bibliothèque Libertine abrite *Une jeune fille à la page.*

Ces trois romans, publiés clandestinement par l'imprimeur-éditeur Maurice Duflou à qui l'on doit nombre de publications érotiques du début du siècle, furent des ouvrages de commande. On peut sans conteste assurer que nous sommes en présence des tous premiers romans « pornographiques » féminins du XXe siècle.

En effet, ce roman érotique écrit à la première personne, par une femme, romancière connue du début du siècle, tout comme Renée Dunan, nous conte l'initiation sexuelle d'une jeune fille de la bourgeoisie provinciale, depuis ses premières expériences incestueuses avec son demi-frère jusqu'à son mariage avec l'américain Roy Wright qui, peu de temps avant la cérémonie, va lui rendre les derniers hommages. Son amie intime, avec laquelle elle entretient des relations très particulières, l'avait pourtant avertie des fâcheuses tendances sodomites des hommes, et avait conclu en ces termes : « Ta mère te pardonnera et quand même elle ne te pardonnerait pas, ça vaut mieux que d'attraper la scarlatine ».

On est loin ici de l'Éros et Thanatos cher à Sade ou Bataille. L'érotisme est jubilatoire, et coule naturellement avec une obscénité joyeuse qui, déjà, laisse présager de la libération sexuelle de la fin des années 60.

Un roman « coquin » écrit dans un style rapide et talentueux qui porte la marque d'un véritable écrivain.

DOMINIQUE LEROY

CHAPITRE PREMIER

Antal et Claude, mes frères, tombent toujours amoureux de la même femme. Ils prétendent que c'est parce qu'ils sont jumeaux. Je n'y crois guère. Bien que jumeaux, ils s'appliquent, d'habitude, à vouloir des choses différentes.

Quoi qu'il en soit, dès que l'un d'eux jette son dévolu sur une femme, l'autre la veut à tout prix. Il finit généralement par l'avoir, soit le premier, soit le deuxième, quelquefois d'accord avec son frère, mais le plus souvent en employant des moyens moins honnêtes.

Ce jour, toute la famille est sur la terrasse fleurie. C'est l'heure exquise de fin d'après-midi, l'heure du thé, qui nous réunit d'habitude. L'automne et la senteur des bois pourrissants, senteur mâle et vivifiante, nous encensent par bouffées.

Antal et Claude sont penchés sur la liste des invités qui vont arriver ce soir, pour les chasses, au château de Valfosse. Et c'est sur cette liste qu'ils ont fait un choix d'où leur dispute est née.

Je délaisse un moment mon livre et leur demande :

— Vous lui avez demandé son avis, à Claire ?

— Non, bien sûr. Nous arrangeons d'abord entre nous celui qui va lui faire la cour, répond Antal.

— Et vous croyez qu'elle acceptera comme ça ?

— Naturellement, elle n'a aucune raison de refuser. Les filles sont toujours contentes de trouver un garçon pour les aimer, rétorque Claude dédaigneusement.

— Je voudrais bien en trouver un, moi aussi, dis-je.

— Veux-tu te taire ! s'écrie ma mère, une jeune fille ne doit pas parler comme ça.

— J'en ai assez d'être jeune fille et s'il ne tenait qu'à moi, je choisirais aussi sur la liste...

— Assez ! dit papa, qui est resté silencieux, lisant et relisant une lettre avec nervosité, je n'aime pas que ma fille s'exprime comme une théâtreuse.

Nous baissons les yeux. Quand papa a une crise de moralité, c'est que sa maîtresse le trompe, lui ment ou vient de lui envoyer une facture trop salée.

En ce moment il est amoureux d'une actrice. Nous ne l'ignorons pas. Papa est romantique, frivole, inconstant — et nous l'adorons.

Il est grand, avec un beau visage régulier, un nez fin, des yeux sombres, couleur de nuit sans lune. La quarantaine ne l'a pas touché encore dans sa sveltesse. Il a gardé d'un duel lointain une légère claudication qui ajoute encore à l'intérêt qu'on lui porte immédiatement.

— Il faudra bientôt qu'on te marie, Florence, dit-il avec un soupir.

J'évite de m'étendre sur ce sujet épineux. Il gronde :

— Tu m'entends ?

Je lui réplique par une citation de mon livre :

— « Sous le désir, mon corps s'entrouvre comme une grenade mûre... »

Il sursaute.

— Que racontes-tu là ?...

— Rien, je lis, simplement.

— Tu as l'air de choisir tes lectures avec soin.

— Mais papa, je lis le dernier livre de maman : *Le Semeur de Rêves.*

— Ça te plaît ?... interroge maman sans s'émouvoir.

— Beaucoup, c'est si excitant.

— Tu me le passeras, fait Claude aussitôt.

— Et voilà ! fait mon père. Voilà comment on élève les enfants de nos jours !...

Maman rit aux éclats.

— Plains-toi de tes enfants. Ils sont vivants, gais et sains. Tu le dis toi-même à longueur de journée...

Père reprend, après quelques instants de silence :

— De quoi parle ce livre ?

— D'amour, papa, et je t'assure que c'est bien expliqué, tu devrais le lire.

— Hum !... Naturellement !... Mais je me demande où votre mère va chercher ce qu'elle écrit. Parce que j'ai de bonnes raisons de croire que ses expériences à ce sujet sont restreintes.

Nous regardons maman.

C'est un petit bout de femme, toujours mal fagoté. Menue, fragile, son visage s'orne d'immenses yeux noisette pleins de rire, et d'un teint exceptionnellement frais et jeune. C'est une romancière très connue, ce qui ne l'empêche pas de tenir sa maison et de recevoir avec une grâce que lui ont acquise des générations de grand'mères, châtelaines modèles.

Depuis ma naissance, elle s'est détachée de l'amour.

Fut-elle déçue par ce mari trop beau que toutes les femmes lui disputaient ? Elle n'en a jamais rien dit et continue d'en faire, dans tous ses livres, un personnage de roman. En tout cas, ce don Juan, qui ajoute toujours de nouvelles conquêtes à ses listes amoureuses, elle a su le garder près d'elle, comme elle nous garde, dans la maison heureuse et chaude.

Mes frères ont repris leur discussion.

Je suggère :

— Jouez donc Claire au poker.

— Chic idée, fait Antal.

— Et dépêchez-vous, parce qu'il est bientôt l'heure d'aller à la gare.

Pendant que les jumeaux disputent au sort le droit d'étreindre Claire, je parcours à mon tour la liste des invités.

— Qui est Jacques Anglade ? Qui le connaît ?

— Moi, répond papa. Sa mère était une femme vraiment belle. Pulpeuse, comestible, avec des cheveux blonds qui lui descendaient jusqu'aux genoux et une taille qui ployait...

— Hum !... fait maman qui trouve qu'il exagère.

Papa se tait.

Trop tard. Nous avons compris. L'enthousiasme de père se rapporte à d'anciennes amours.

— Et Boby Blake, qui l'a invité ?

— Moi, réplique Claude ; c'est un jeune Anglais, grand et blond, chasseur émérite et amateur de stout.

— Il est bien ? demandai-je, anxieuse.

— Tu parles, un beau mâle !

Eh bien, mon choix est fait ! C'est Boby qui aura ce que personne n'a jamais eu de moi.

J'ai dix-huit ans. Dans cette maison baignée d'érotisme où tout le monde aime, parle ou écrit sur l'amour, seul un préjugé stupide m'oblige à demeurer vierge.

Si l'amour est si doux, pourquoi m'en passerais-je ? Et puis... et puis... aurais-je besoin de le dire aux autres, que je connais le plaisir ?...

Il y a tant de choses que je leur cache.

Me voici dans ma chambre dont j'ai fermé la porte à clef. Je suis excitée. J'ai trop lu, trop pensé...

Comme ça se trouve. Chaque soir j'ai trop lu et trop vu de choses... Et je sais bien comment cela va finir.

J'enlève ma culotte. La fièvre monte en moi, l'envie d'y être vite, aidée encore par la contemplation d'un de ces livres que je vole régulièrement dans la bibliothèque de mon père, pleins de mots qui me font honte et me plaisent à

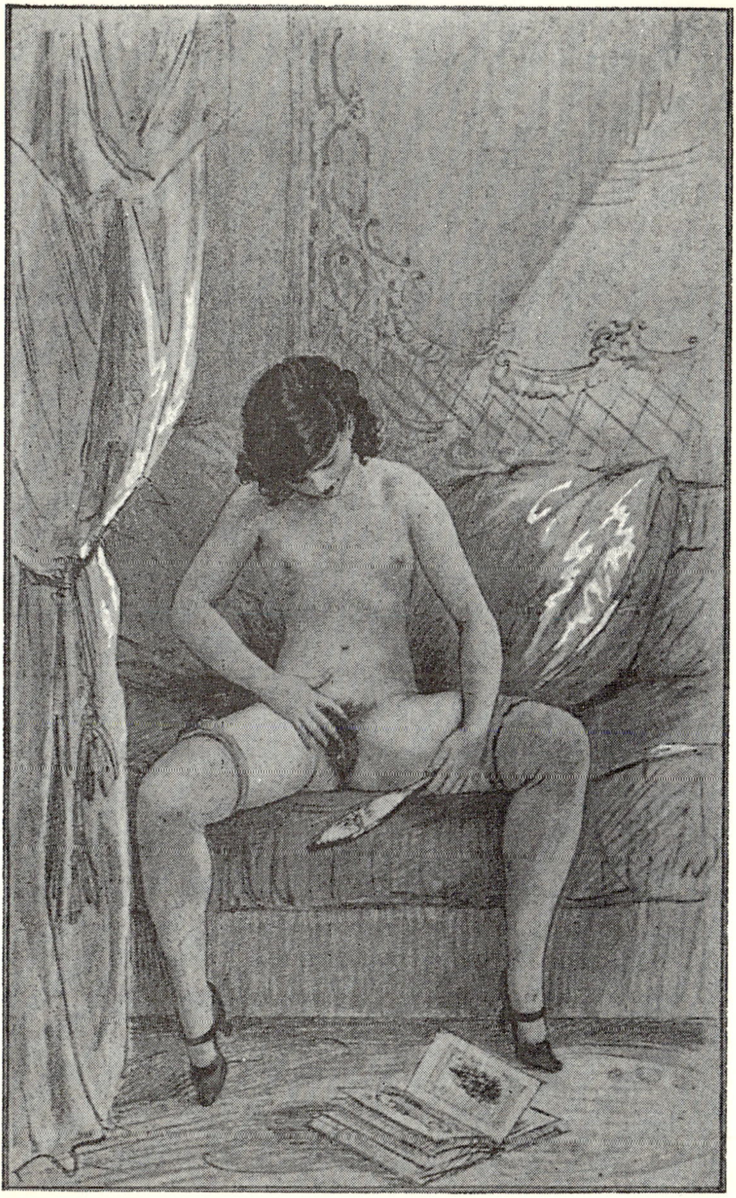

la fois. Ce n'est pas du tout désagréable ces grands mots prétentieux et savants : l'orifice de la vulve, le canal du vagin. Et les hymens, toute la gamme des hymens, semi-lunaire, en fer à cheval, bilabié ou annulaire.

Et les rencontres, les rapprochements que cela suggère doucement, sans penser à mal.

« Quand le membre viril s'engage dans le vestibule vaginal... »

Ah ! j'ai vite fait de m'imaginer que c'est à moi que cela arrive !... Je glisse lentement le petit doigt dans ce qu'ils appellent le canal. Le voilà, ce fameux vestibule. J'ai envie de le voir. Je suis comme ça, j'aime savoir où je vais.

Je prends une glace et m'étudie avec une certaine complaisance. Je regarde mon petit musée secret, j'ouvre les deux battants de la porte. C'est gentiment rose, avec un air de jeunesse qui attendrit.

C'est donc cela qui attire les hommes. C'est pour cela qu'ils font des folies, qu'ils se ruinent, qu'ils se tuent. C'est pour cette petite peau que j'écarte, pour ces volets que j'entr'ouvre, pour ce petit trou...

L'autre main m'aide aussi, ma main de renfort. Elle frotte d'abord mes fesses, par curiosité, parce que c'est un objet amusant, une sorte de porcelaine chaude. Elle glisse le long de la rainure, s'insinue entre les deux globes durs et neufs, qui résistent un peu pour la forme.

Mon doigt hésite, respectueux d'abord, puis s'appuie et entre doucement, encouragé par cette eau qui mouille... La petite bouche dure, serre, puis s'amollit, bat des ailes et demande au doigt de rester...

C'est amusant et suggestif de se dire qu'il y a en France, à cette heure-ci, probablement cinq cents mille petites filles qui se caressent comme moi. On devrait les réunir toutes ensemble.

Quel joli spectacle cela ferait : un demi-million de petites filles branleuses, les jambes relevées, sur un immense tapis de laine mauve, en train de se masturber, place de la Concorde !... Quelle fête pour les yeux !

Dans les caresses que je me donne toute seule, je mets beaucoup à contribution les gens que je connais. Les visiteurs, les amis de papa, mes camarades de tennis. Comme cela au moins ils servent à quelque chose, ces gourdes-là ! Quand on m'en présente un et qu'il est à mon goût, je me dis : « Toi, ce soir, je t'utiliserai à quelque chose... A quelque chose qui t'étonnerait et que tu ne mérites certainement pas !... »

J'ai comme cela dans ma tête une collection d'hommes dans laquelle je puise... J'appelle et ils viennent. Ils viennent dès que j'ai un moment de libre, audacieux, décidés, sachant ce qu'ils ont à faire.

En voilà encore un qui se permet une incursion dans ce que j'ai de plus intime... Il a troussé ma jupe, il a relevé mes cuisses sur le petit fauteuil profond où l'on enfonce...

Je me débats doucement contre lui.

— Oh ! non, pas là !...

Il comprend... Il comprend et il continue... Il s'applique, invisible et présent, tandis que sa bouche mordille et cueille la pointe de mes seins.

Je sens son doigt, son doigt qui s'en va et qui reste. Celui qui a l'ongle plus court, celui de la main droite.

— Pourquoi cet ongle coupé ras ?...

J'ai demandé un jour des détails et on a ri. Je me suis sentie honteuse soudain et ravie parce que j'avais compris !... Et je recommence, renouvelant et précisant la scène.

Voilà encore un de mes fantômes qui vient.

Cette fois-ci c'est moi qui demande. Je lui laisse tout ce dont je n'ai pas besoin en lui : sa conversation, ses goûts, ses petits projets ; je ne prends que sa main. Il la donne, la frotte, et je le dirige :

— Pose ta paume ici, tourne doucement... Oh ! tu vas trop loin, tu me fais mal !... Prends mon sein !... Écrase !... Plus fort !... Là !... Ici !...

Il appuie, j'appuie pour lui.

— Tu sens comme je mouille ?...

Cela remonte doucement, de plus loin que tout à l'heure et plus fort... En moi, quelque chose fond !...

Alerte !... Tout à coup on m'appelle. Je me lève, je remets ma culotte.

On ne m'appelle plus, probablement on n'a plus besoin de moi. Je reste près de la porte, debout. Je remets ma main à l'endroit. De peur d'un nouvel appel, je n'ai pas enlevé ma culotte, cette fois. Ma main passe dans l'intervalle entre le satin et la peau.

Ce n'est guère commode, l'étoffe me tire et me coupe, mais je n'aime pas tout le temps les commodités pour ce genre d'exercice. J'aime aussi quand c'est malcommode. Ça fait plus vécu, plus réel.

Comme cela, debout, sous ma culotte gênante, au milieu d'une émotion folle, il me semble que quelqu'un m'a saisie au passage dans un couloir obscur, vite, avec une sorte de gourmandise.

Il me semble qu'on va nous voir. Qu'ils vont entrer, « ils », les ennemis...

— Dépêche-toi !... Dépêche !... Frotte vite !...

Debout, je m'écarte le plus que je peux, je lui facilite l'entrée. Son autre main voyage, comme j'aime.

— Ne mets pas ton doigt là, tu vas me déchirer ma culotte... là, tu la déchires !...

Mais il le met quand même, et il enfonce.

— Ah ! il a raison !... il a raison !...

Humide, je l'approuve.

CHAPITRE II

Le repas m'a semblé interminable tant j'avais hâte de mettre mon projet à exécution. Boby était en face de moi, de l'autre côté de la table chargée de verreries, de fruits et de fleurs. Il mangeait consciencieusement, avec un bel appétit de jeune garçon sportif.

Il me fait un drôle d'effet, avec sa taille impressionnante, ses dents de fauve, son teint frais et ses cheveux clairs dont une mèche folle retombe sur son visage.

J'ai envie de l'attaquer, de le prendre à partie, pas seulement avec des mots aigres-doux. J'ai envie de le taquiner, de lui faire un peu mal.

Par moments, à travers la table, il me semble que je le touche, que je le palpe. Pourquoi est-ce mal vu ?... On devrait avoir le droit de toucher les gens qui vous plaisent.

Les Écossais forcent, paraît-il, leurs invités à coucher avec leurs femmes et leurs filles ! Ah ! on n'est vraiment pas écossais par ici !

Moi, à ce dîner, devant mon père, l'ex-don Juan, et ma mère, l'écrivain d'amour, je touche minutieusement les lobes des oreilles de Boby, je pince ces joues de garçon bien portant, je pince avec des trucs, en tournant pour avoir plus de prise.

Et que ne fais-je pas, au reste, à son cou de fille, à son dos bien verni préparé pour les ongles, à ce creux de la taille où ma main roule et s'accroche, les doigts pointus, bien appuyés sur ce velours, bien précis pour ne rien perdre.

Comme je voyage pendant qu'ils mangent, les goinfres !...

Et je ne m'en tiens pas là, je descend plus bas, avec frénésie.

Je m'attaque maintenant au jeune coussinet des fesses. A cet endroit, je change de tactique ; c'est avec les paumes de la main que j'agis, les paumes bien rondes, bien creuses, plaquées sur cette chair chaude et résistante, puis brusquement avec les ongles, fort et profond.

Au moment où par un mouvement tournant je vais atteindre le plus intéressant, trois points de suspension...

— Comme tu as chaud, ma chérie, tu as les joues rouges !...

C'est ma mère qui se trompe lourdement, comme au plus beau d'un de ses romans, et attribue à une jeune vierge obscène quelque pur et chaste malaise.

Vers onze heures, quand tout le monde fut couché, je m'aventurai seule, dans le couloir obscur, jusqu'à la chambre qui lui était destinée.

Le cœur battant à coups redoublés, je frappe à la porte. Quand il crie : « Entrez ! » j'ai envie de m'enfuir. Je n'aurais vraiment pas cru que cela fût si difficile. Mais j'ouvre...

Boby est déjà couché ; je ne vois que ses épaules blondes où la lumière joue, sa poitrine couverte d'un duvet doré et son visage déjà barbouillé de sommeil. Il est tendre comme une fille et m'émeut profondément.

Il se dresse d'un bond.

— Qu'y a-t-il ?...

Je bafouille.

— Rien !... Je venais voir si vous n'aviez besoin de rien.

— Non, merci !...

Il lève sur moi des prunelles bleues, lourdes d'étonnement.

— Bien !... Alors, je pars !...

Et, disant cela, je m'assieds sur le bord du lit. Son parfum me surprend. Parfum de jeune garçon : tabac blond et lavande. Je ferme les yeux.

Un léger étourdissement me prend. Je sens ma poitrine qui se tend sous ma robe de satin blanc, ma robe du soir que j'ai gardée sur mon corps nu.

Le jeune garçon fait en ce moment preuve de la plus totale incompréhension. Il faut que je m'arrange pour lui faire comprendre pourquoi je suis venue.

D'un geste timide je prends sa main. Elle est douce et chaude... telle que je l'imaginais posée sur mon sexe rose comme une grande fleur charnelle. Je joue avec elle d'une manière bizarre, équivoque. Si maman me voyait ! Elle s'en indignerait et cela lui inspirerait un petit paragraphe.

Je frotte mes doigts contre ses doigts. De longs doigts nerveux qui me plaisent, de bons doigts utiles et suggestifs. J'avance la poitrine, je mets mes seins en avant, je croise les jambes très haut de manière à lui faire voir ce qu'il faut voir.

Comment lui faire comprendre que je ne suis pas seulement un pur esprit ? Comment est-ce que ça s'excite, un homme ?...

Ah ! on nous apprend tout dans la vie, sauf ce qui pourrait nous être utile.

Dire que je sais par cœur les départements et les sous-préfectures, et que je ne sais pas comment dégeler ce glaçon-là ! C'est tout de même malheureux !... Inutile d'essayer avec des paroles.

Si je lui raconte comment je me caresse toute seule, ou si je lui avoue que j'ai envie de cela, il m'enverra promener. Et même pas avec lui. Au fond, c'est un petit-bourgeois qui meurt de sommeil.

Je me décide à attirer son attention sur le côté pile de ma

personne. D'un air de sainte-nitouche je flanque par terre le réveille-matin.

— Oh ! pardon ! Excusez-moi !...

Je me baisse rapidement — il est encore capable de le ramasser avant moi —, je cherche sous le lit, bien loin, bien loin, en même temps je remonte à la surface des rotondités que je cambre jusqu'à me faire mal.

Et je fouille sous le lit, j'explore, je travaille, je me donne un mal fou. Et ma petite croupe monte, monte. S'il était compréhensif, lui, pendant qu'elle monte, monte...

J'ai pourtant une paire de fesses dures à s'y retourner les ongles, deux globes lisses, duveteux. Il ne semble pas s'en apercevoir ; il reste calme, britannique, avec le flegme de ce beau pays. Je me relève, je me raccroche à sa main qui ne comprend pas, à sa main de mufle. Il n'ose peut-être pas, après tout. Peut-être qu'il trouve même cela bien élevé de ne pas oser !

Que faire ?...

Un instant j'ai la tentation de glisser d'autorité sa main à un endroit qui le renseignerait sur mes intentions. Tout de même quand il y aura mis la main, c'est bien le diable s'il n'y met pas le reste !

Si je lui demandais comme un service de vérifier si c'est exact ce qu'on raconte, car je me suis laissé dire que les filles ont à cet endroit... un petit... enfin... trou !...

Pour la troisième fois je prends sa main, puisqu'il paraît que cela doit commencer avec cet instrument-là. Je m'assieds sur le lit, je desserre les jambes, je m'ouvre un peu à l'intérieur.

Cette fois je sens nettement qu'on grimpe le long du genou, qu'on glisse, qu'on écarte... Ça y est... Je lève les yeux. Mon imagination est allée un peu vite, comme toujours. Boby est tout bonnement en train de s'endormir sans soupçonner mon vague à l'âme.

Je suis prête à le réveiller pour lui dire de vilains mots. A quoi bon ! Je me lève. Dans le miroir j'aperçois mon visage dont les yeux sont cernés subitement ; j'ai un peu l'air d'une noyée. Je sors en claquant la porte.

C'est moche, pensais-je... Pourtant je ne pouvais tout de même pas le violer... Je ne savais pas comment faire... C'est raté avec Boby. Moi, je ne me raterai pas. Je cours, je cours, dans le long, dans l'impatientant couloir, très pressée d'arriver à mon lit et de me consoler.

Je ne suis pas du tout endormie ; j'ose même dire que je suis très réveillée à un certain endroit. Je sens que je n'aurai pas besoin de me faire beaucoup la cour pour obtenir satisfaction. La minuterie s'éteint. Je ne m'y retrouve plus. Tant pis, je ne peux plus me retenir.

J'échoue sur une valise qui se trouve là, déposée dans le couloir, certainement pas pour cet usage. Je m'asseois tant bien que mal, plutôt mal, n'ayant pas trop de place pour y poser mon petit derrière. Je ne sais comment cela se fait, mais d'être assise sur une moitié des fesses, l'autre moitié reposant dans le vide, cette pose augmente encore mon émotion. Cela me cambre, cela me tire...

Ma main se place automatiquement. Elle sait ce qu'elle a à faire, elle !

A ce moment une porte s'entrouvre, une voix chuchote :

— Je t'y prends, Florence, d'où sors-tu ?

— De chez Boby, dis-je machinalement.

— Et moi qui te croyais une vraie jeune fille !

— Chut ! Ne faites pas de bruit !

— Alors, entre dans ma chambre !

— Dans votre chambre, vous n'y pensez pas ?

— Allons, pas tant de manières, surtout maintenant que je sais à quoi m'en tenir.

Une main nerveuse m'entraîne. Devant moi, net et

moqueur, habillé d'un pyjama bleu, se tient un ami de papa, le Dr Laurès.

Ah ! les amis de papa ! C'est curieux, mais il semble que ce titre les autorise par la même occasion à me pincer les fesses. C'est convenu à l'avance.

Dès que papa me dit : « Je te présente M. Untel », je peux être sûre de sentir cinq minutes plus tard un doigt essayer de s'enfoncer subrepticement dans une de mes petites cavités naturelles, le nez et l'oreille exceptés, ou d'entendre une voix s'écrier :

— Mais qu'est-ce que c'est ces petites pommes qu'elle a dans son corsage, c't'enfant !... On dirait des nichons, ma parole !...

Je n'ose pas dire le contraire. Ce serait trop long et surtout trop vexant à expliquer... Et puis je n'ai pas le temps !...

Sur ma bouche s'est posée une bouche dont la dureté me surprend. Mes lèvres s'entrouvrent sans le vouloir et je reçois profondément une caresse nouvelle et grisante.

Une des longues mains s'appuie à ma nuque et m'enserre ; l'autre, doucement, caresse mes seins... je chancelle de honte et de plaisir, mais la bouche reste sur la mienne, impérieuse.

J'ai, contre moi, une poitrine rude qui m'écrase délicieusement.

— Viens ! fait-il.

Je ne dis rien, mais tout mon corps répond oui. Le grand lit nous reçoit ; j'ai fermé les yeux. Des mains habiles dégrafent ma robe qui glisse ; je me laisse aller ; j'attends la caresse qui vient fatalement.

Il écarte mes jambes avec son genou ; il écarte les deux battants de l'entrée ; il sépare les lèvres avec son doigt, il élargit l'ouverture ; il frotte légèrement, puis fort.

Et tout à coup son pouce remonte, et cherche.

Je me demande s'il va trouver. Mais il trouve tout de suite. Son pouce se pose sur le petit monticule qui depuis quelques instants relève la tête et commence à sortir de sa retraite.

Il l'agace, le roule entre ses doigts. Il s'en va, il vient et, à chaque fois, je suis surprise et émue, d'une émotion qui me descend le long du dos. C'est bien fait, presque aussi bien que quand je le fais moi-même.

Mais qu'y a-t-il ? Il m'a lâchée tout à coup, il a ramené sa main vers lui pour aller chercher je ne sais quoi...

Et je sens maintenant comme un pouce brûlant qui tâtonne à l'entrée. Cela ne dure pas longtemps car malgré moi les portes s'amollissent, cèdent. Il a passé ses mains sous mes fesses et les soulève. Le long doigt chaud essaie de s'enfoncer en moi.

Quelque chose résiste, qui m'appartient, se contracte, quelque chose qui voudrait barrer la route à l'envahisseur. Mais avec une sorte de décision brusque qui me fait pousser un cri que j'étouffe dans la paume de ma main, il plonge au fond...

Le plaisir et la douleur sont si proches, s'entremêlent de telle façon que je ne les distingue plus. Et puis le plaisir surnage seul.

Je sens à chacun de mes pores une gouttelette de sueur qui perle. Des effluves chaudes montent de nos deux corps, un parfum inconnu, enivrant...

Un rythme plus rapide nous entraîne. Un flot chaud m'inonde brusquement, à l'intérieur de moi-même...

Je suis femme. Je n'ouvre les yeux que beaucoup plus tard. Mon amant me caresse les cheveux et d'une voix toute douce m'interroge :

— Pourquoi ne m'as-tu pas dit que tu étais une jeune fille ?...

— A quoi bon ! Et puis je ne voulais plus l'être. Ça ne sert à rien.

— Si j'avais su, tout de même... je me fais l'effet d'une brute.

— Mais non, pas du tout ! Je ne vous en veux pas ! Bien au contraire ! Vous m'avez révélé une chose qui ne manque pas d'agrément.

— J'ai encore un tas de choses à t'apprendre.

— Je veux bien !

D'abord il me montre son sexe.

— Tu peux regarder, si tu veux.

Je ne m'en prive pas, et je contemple ce grand objet qui se dresse fièrement.

— C'est pour toi, c'est en ton honneur qu'il est comme cela, autrement il a la tête basse.

Je dis oui, j'approuve, ne comprenant pas trop bien. Visiblement c'est un compliment. Je l'accepte comme tel. Aspect déconcertant de l'âme humaine : après l'avoir regardé, j'ai envie de toucher son compliment.

— Je vais t'apprendre comment faire.

C'est doux et dur à la fois, ça me plaît beaucoup. Je le frotte avec ma main, il durcit encore.

— Cela s'appelle entrer en érection, bander, m'explique-t-il.

Puis, me regardant au bon endroit :

— Et ça, qu'est-ce que c'est que ça ? Tu sais ce que c'est ? Tu sais comment cela s'appelle ?

Je m'en doute un peu.

— Cela s'appelle un con ! Répète ! J'aimerais te l'entendre dire ! J'ai un con, un joli petit con ! Dis : j'ai un joli petit con qui aime la queue !

Il continue.

— C'est moins distingué de dire la bite. Dans un salon, quand on se trouve en bonne compagnie, quand on parle à la femme du général ou à l'archevêque, il est préférable de

dire la queue. C'est un rien, mais c'est à ces riens qu'on reconnaît l'éducation.

Je l'écoute plaisanter. Je lui en suis presque reconnaissante. Il n'a pas l'air d'avoir fait une chose terrible avec moi.

Et tout à coup il ne dit plus rien. Il se tait, il enfonce.

A un certain moment j'ai envie de... pourquoi ne pas l'avouer après tout... de satisfaire un petit besoin. Je me tortille, ne sachant comment dire.

Lui a un désir bizarre. Cela me fait honte un peu, mais il me demande cela si gentiment. Il veut y aller avec moi.

— Je t'accompagne.

Je n'ose pas me rendre dans le petit local au bout du couloir. Si on nous rencontrait !

— Tu n'as qu'à le faire ici.

C'est toute une gymnastique. Je grimpe sur une chaise devant la cuvette du lavabo. Je m'accroupis.

— Attends un peu que je te tienne les fesses pendant que tu pisses.

Il me les triture doucement.

— Et ça, derrière, qu'est-ce que c'est, cette petite chose qui s'enroule et qui frise, cette broussaille ?

« Et quand on enfonce le doigt dedans, qu'est-ce que cela fait ?

« Comme il est gentil ce petit trou, tu veux bien que je lui donne quelques gages de sympathie ?

Il sympathise en effet en y enfonçant une langue pointue. Il m'interroge, il veut savoir si j'ai certaines habitudes.

— Et quand tu es seule qu'est-ce que tu fais ?

Cela a l'air de l'intéresser ce que je lui raconte. Il touche mon petit bouton.

— Et ça, tu sais pourquoi c'est faire ?... C'est fait pour être mis dans la bouche, c'est fait pour être sucé. Tiens, comme cela !...

Il fait comme il dit. C'est ce qui est précieux avec lui, il fait beaucoup comme il dit.

Minutieusement, il continue sa leçon.

CHAPITRE III

J'AI eu à peine le temps de me reposer. A quatre heures du matin, tous les chasseurs se réunissent dans la grande salle. Il y a là des choses délicieuses à manger et je me gave sans fausse honte.

Mais j'ai un peu peur de regarder les autres. Si on voyait ce qui s'est passé cette nuit ? Si l'on s'apercevait que je ne suis plus vierge ?... Non, bien sûr, ce n'est pas possible... Papa vient près de moi, embrasse mon front, me tapote les joues, me contemple tendrement.

— Vraiment, Florence, il faudra bientôt qu'on te marie, tu es une vraie femme, maintenant... Tout au moins, tu es de l'étoffe dont on les fait.

— J'ai bien le temps, papa ; je suis heureuse comme ça.

— Tant mieux. Moi, dans le fond, je préfère te garder le plus longtemps possible. Des femmes dans une maison, il n'y en a jamais trop.

Je vais aider maman qui sert ses invités. Elle me jette un regard pénétrant sous lequel je rougis.

— Tu n'as pas un peu de fièvre ? Tu es bizarre ce matin.

— Non, je vais bien, je t'assure.

Je porte à Antal et Claude deux verres de xérès.

— Tu es vraiment en forme ce matin, fait Claude.

— C'est vrai, continue Antal. Je pense souvent que c'est bien dommage que tu sois notre sœur.

Je ris :

— Si je ne l'étais pas, c'est moi qui vous jouerais au poker tous les deux.

— Chameau ! murmure Antal.

Et comme je fais mine de partir, Claude me retient par la manche.

— Reste un peu ici. Tu es vraiment la plus jolie femme de la société.

— Pauvre Claire ! À propos, tu es satisfait de ta nuit ?

— Oh ! tu sais, ce n'est pas Cléopâtre tout de même.

— Naturellement, dit Antal, avec toi il n'y a pas de quoi se fatiguer...

— Essaie toi-même, mon vieux, je te la laisse pour la nuit prochaine.

— Ça va, merci, répond Antal.

— Vous me tiendrez au courant, dis-je en riant.

On me passe la main dans les cheveux d'une manière tendre.

Quoi, qu'est-ce que c'est ? C'est mon docteur dépuceleur. Je le regarde, je me dis :

« Toi, mon petit, tu n'es pas décoratif le matin. »

Est-ce qu'il s'imagine que je vais faire cela avec lui toute ma vie ? Et puis, quoi encore ? Est-ce qu'il va falloir que je l'épouse ?

Pour le moment il donne en plein dans le culte du souvenir, à ce qu'il paraît. Il m'attire dans un coin et me montre... on devine quoi... qui est en état de refaire ce que nous avons fait.

En voilà un spectacle pour une jeune fille ! Ce que ça peut être réaliste un homme dont on n'a pas envie ! Il me fait un petit cadeau bizarre. Il me tend un livre avec des airs de conspirateur.

— Lis ça, c'est pour toi.

Encore un truc pour tenter de renouveler ce que maman,

dans ses romans, appelle un doux émoi. Émoi toi-même. C'est la manœuvre classique, les dernières cartouches, si j'ose dire.

J'ouvre le livre, ce n'est même pas cochon. Il y a une scène soulignée au crayon bleu, le crayon du médecin qui fait des petits travaux scientifiques pour des revues. Une scène où deux amants se rencontrent dans une cuisine. C'est fade, fade. S'il croit que c'est avec des bouquins comme cela qu'il m'aura de nouveau, il se fourre le doigt, si j'ose dire, dans l'œil.

J'ai toujours aimé la chasse et je n'avais guère plus de dix ans quand je suivais mon père et rapportais fièrement les pièces ensanglantées qu'il mettait à son tableau. Mais ce matin, je suis très fatiguée, aussi je laisse les autres s'éloigner.

Draga, ma chienne, lève deux lapins de garenne que j'épaule machinalement. Avec ça, j'ai gagné le droit de me reposer. Je connais un coin moussu où il fera bon s'étendre. La tête posée sur mon carnier, dans une attitude pas trop convenable, je pense à des choses... Aux choses d'hier soir.

Je fais mon petit bilan, je récapitule et je me sens tout juste dans l'état où l'on est quand on récapitule ces choses-là. Car j'ai de la mémoire, moi.

Mes deux cuisses frottent légèrement l'une contre l'autre, petite ruse innocente qui aide encore ma mémoire. Et je ruse, je ruse si bien que je finis par somnoler dans un sommeil léger ; je fais un rêve riche en détails scabreux.

Depuis hier soir j'ai entre les mains (manière de parler) quelques souvenirs utiles. Je n'ai pas besoin de chercher loin comme les autres fois : je vois un pantalon qui s'entrouvre et cette fleur rose qui sort...

Et puis, tout à coup le rêve devient réel. Vais-je crier ! Je sens quelque chose qui fouille, qui retrousse. On m'arrache ma petite culotte. L'élastique qui serrait ma taille serre maintenant mes fesses, au beau milieu de la courbe. C'est l'endroit le plus difficile à passer. Mon satyre s'en aperçoit et s'énerve un peu. Je sens deux mains, bonnes d'ailleurs, dans leur colère, insister, tripoter, tirer. Comme préliminaires, c'est d'ailleurs plutôt agréable.

Je me sens touchée juste à l'endroit où je rêvais le plus fort. C'est vague d'abord, peu précis. Je sais seulement que c'est quelque chose qui avance, plein de bonnes intentions à mon égard, de bonnes intentions qui écartent mes replis les plus intimes, qui glissent, qui pénètrent. Les voilà au fond maintenant.

Mon cœur, qui sait ce qu'il a à faire, bat un peu vite. Mes seins avancent tant qu'ils peuvent, et ils peuvent, je le garantis. J'ouvre un œil et regarde celui qui a de si bonnes intentions à mon égard.

C'est un tout jeune homme dont le visage me semble étrangement familier... Son sourire est triomphant... Et je sens passer en moi une longue impatience.

La culotte enfin descendue, il faut passer le cap des souliers. Il me relève les jambes, m'écarte. Je dois offrir à un regard indiscret un assez joli point de vue, la croupe bombée, le... oui, largement ouvert.

Faire ça par terre, a-t-on idée ? Comme c'est peu respectueux, peu protocolaire ! Déculottée, je reste ainsi, le côté pile de ma personne piqué par l'herbe. Ah ! cela ne fait pas le même effet que dans un lit !

Tout est champêtre, agreste, avec juste ce qu'il faut de ciel à l'endroit où il faut qu'il y ait du ciel. Un petit ciel tendre, jeunet, complaisant pour nous. Ça sent l'automne, l'odeur large de la terre, l'odeur serrée, pointue, des feuilles mortes et celle des branches cassées, les mêmes qui me piquent le derrière.

Je vois une main déboutonner un pantalon, en sortir ce que j'ose appeler, maintenant, après les leçons d'hier soir, une jeune queue. Et j'attends...

Attente terrible et délicieuse. J'attends le choc, j'attends en devinant ce qui va se passer, en en rajoutant ; j'attends le membre qui refoule, qui chiffonne mes replis intimes, qui glisse. J'ai envie de lui dire :

— Va au fond, maintenant ! Va vite, entre en moi !

Tous ces mots ne sont pas des mots que j'ai appris, ce sont des mots que je retrouve, qui m'ont manqué si longtemps, ceux que je cherchais.

Je lui crie en moi-même :

— Enfonce ta petite pine !... Bande !...

Et il comprend mon appel. Un instant sa queue hésite au bord du con.

Je fais un effort pour bien m'ouvrir. On ne me reprochera pas d'être de mauvaise volonté. J'aide au contraire la manœuvre, en empoignant une paire de petites fesses.

D'un seul coup il pénètre en moi et m'inonde de sperme chaud. On nous regarde peut-être. C'est curieux, cela ne me gêne pas. Au contraire. Je m'imagine à tout instant que quelqu'un derrière un buisson va tousser :

— Hum ! hum !...

Et nous dire :

— C'est bien joli ce que vous faites-là !

Enfin, nous nous détachons l'un de l'autre...

Je cueille un champignon et commence à le manger. Sa saveur fraîche se mélange au goût des baisers profonds de tout à l'heure.

— Qui êtes-vous, dis-je enfin ?

— Est-ce bien nécessaire ?...

— Cela vaut mieux. Il est possible que nous nous rencontrions.

— Je m'appelle Jacques Anglade.

— Grand Dieu !

— Qu'y a-t-il ?

— Ce serait trop long à vous expliquer... moi, je suis Florence... Nous vous attendions bien avant... Quand êtes-vous arrivé au château ?

— Il y a une heure environ. J'étais en voiture et j'ai eu une panne...

Un moment, j'ai l'intention de lui dire :

— Fichez-moi le camp et qu'on ne vous revoie plus. Personne ne se doutera de rien.

Mais il ne comprendrait pas. Il ne sait pas, lui, la chose invraisemblable, stupéfiante ; qu'il est mon demi-frère, un de ceux que papa confectionne sans l'aide de maman ; l'enfant comme qui dirait de la main gauche.

Papa, hier justement, m'a fait cette confidence sous le sceau du secret. Il n'y a personne comme lui pour me confier des secrets compromettants quand ils peuvent lui faire de la publicité.

Papa, sans doute, trouve que cela fait bien d'avoir un enfant naturel en dehors des liens du mariage.

Évidemment s'il pouvait en avoir deux, cela serait mieux, et trois, plus épatant encore. Ces choses-là, c'est au mètre cube que cela se mesure. S'il arrivait à prouver que tous les sujets de la Bosnie-Herzégovine, actuellement en âge d'être appelés sous les drapeaux, sont ses fils, je crois qu'il n'y résisterait pas !

En voilà un, en tout cas, un gentil échantillon.

Que vais-je faire de lui ? S'il me trahissait ! Le renvoyer d'où il vient ? La chose est faisable. Personne ne l'a vu venir. Mais cela c'est l'instinct idiot. Je reprends vite le dessus ; je vais le ramener moi-même à papa, ce sera farce ! Cette idée me met dans une jubilation intense.

Le temps a passé. De tous côtés des chasseurs apparaissent, ils rient, parlent, se félicitent. Je cherche mon père.

— C'est tout ce que tu as ? me demande-t-il, en regardant mes lapins. Tu n'es pas en progrès.

— Certes non... Regarde qui je te ramène !

Je suis gaie, gaie... Je chantonne : « J'ai baisé le fils à papa » sur l'air du « tra, du tra déridéra ».

C'est une idée qui me fait tordre. Au dîner j'en ris encore.

Je ris encore plus quand le Dr Laurès, ayant bouclé ses valises, vient m'annoncer qu'il s'en va.

— Docteur vous oubliez votre petit crayon bleu ! C'est utile, des fois on a besoin de souligner, n'est-ce pas, Docteur ?

S'il n'avait pas un train à prendre, il me tuerait, cet individu !

Naturellement le dîner fini, je me précipite au petit endroit pour me branler. Cela se fête, ces aventures-là !...

CHAPITRE IV

Tante Valère et tante Paule ajustent leur face à main et disent, avec un ensemble parfait :

— Tu as encore embelli, Florence !

— Les chasses me réussissent toujours !

— Et vous voilà à Paris pour tout l'hiver ?

— Oui, à moins de contrordre. Je suis tout de même bien contente d'être revenue.

Je ne leur dis pas pourquoi. Mais au fond de moi, je pense à ce qui m'est arrivé. C'est bien peu de chose. Deux étreintes rapides qui m'ont révélé un domaine inconnu. Il n'en faut pas plus pour mettre en moi une ivresse nouvelle, un goût de la vie qui me tourmente brusquement.

La semaine des chasses m'a trouvée paisible, heureuse, sans désir presque. Et voici que dans ce salon couvert de housses, plein de fauteuils bas, de prie-Dieu, de bibelots inutiles qui s'étalent puérilement, un grand élan me porte vers l'amour.

C'est intime et suggestif, on ne voit pas trop clair, la pénombre légère a l'air de dire :

— Personne ne te regarde, fais ce que tu veux.

Tu sais bien ce que tu veux.

Que j'en ai des souvenirs, ici ! Des souvenirs solitaires !...

Un jour, je me suis mise à genoux sur un de ces petits prie-Dieu. Je ne pensais pas à mal, pourtant ; j'étais bien normalement agenouillée, penchée en avant, les fesses tendues. Et j'ai éprouvé une sensation bizarre.

Souvent je ressens cela quand je me mets à genoux. Cela me tend toute, derrière. Je ne peux pas tendre la croupe sans avoir envie d'y mettre quelque chose. Ça me remue, mon cœur fond, mon petit orifice bat, palpite et s'amollit.

Je ne pouvais pas résister, j'éprouvais une bizarre envie, l'envie de quelque chose qui m'aurait pénétrée, qui serait allé au fond par ce petit trou qui ne semble pourtant pas fait pour cela.

J'ai baissé ma culotte, j'ai mouillé mon doigt, je l'ai glissé dedans, j'ai remué doucement, le faisant entrer et sortir doucement. C'était bon... et j'attendais. J'attendais quelque chose qui montait, j'avais chaud là-dedans et j'éprouvais un bizarre désir, le désir de quelque chose qui aurait complété encore mon bonheur.

Il me semblait que ç'aurait été doux si quelque chose à la fin avait coulé en moi, avait jailli au fond, et je me disais : « Plus tard j'aurai cela. »

J'ai aussi d'autres souvenirs. D'autres souvenirs, c'est-à-dire d'autres poses.

C'est ici, dans cette chambre, dans ce refuge, que je prenais des poses, que j'imaginais les mille variantes nécessaires à l'immense tendresse qui gonflait mon cœur de jeune fille qui devine, qui cherche, qui imagine, qui ne sait pas encore.

Ma prédilection allait aux fauteuils recouverts de peluche. Je découvrais un bras, je découvrais une cuisse, je remontais ma jupe, je me donnais à ce contact à la fois doux et râpeux.

— Tu n'as pas bientôt fini de lire ?...

« Ils » croyaient que je lisais, « ils », les ennemis, les indiscrets, les ignorants, ceux qui ne comprennent pas, ceux pour qui cette bonne étoffe n'évoque rien, « ils », les brutes.

Oh ! moi aussi, pendant longtemps, je n'ai pas compris !

Et puis, un jour, j'étais venue ici, il faisait chaud, je ne portais pas de culotte, je me suis assise, et tout à coup je me suis trouvée les fesses nues en contact avec cette étoffe...

Cela râpait et cela caressait. C'était vivant et je sentais les mille dessins de l'étoffe s'imprimer sur ma chair. Et cela n'a pas suffi.

J'ai d'abord remué doucement les fesses, une fois, pour voir, pour faire renaître ce contact qui m'avait émue. Et je sentais que cela s'ouvrait, que les lèvres se décollaient l'une de l'autre, que mon cœur, là-haut, était faible.

Et j'ai voulu donner le plus d'espace possible à cette merveilleuse sensation.

Derrière, juste au niveau de l'autre petit trou. Un ressort de fauteuil était légèrement détendu et faisait bomber l'étoffe. Cela faisait une petite bosse dure, merveilleusement placée, qui appuyait sur mon autre orifice, gentiment, sans trop insister, mais d'une manière suffisante pour que mon bonheur soit complet.

Et ma main est venue toute seule, et j'ai aidé mon plaisir. Mon doigt a pesé sur les bords de ma conque, il venait et s'en allait, et mon pouce, plus haut, a cherché le monticule. Et tout à coup, un léger gémissement est venu à mes lèvres, j'ai mordu ma paume pour ne pas crier.

Je me suis levée, je me suis écartée, je me suis mise à cheval sur le bras du fauteuil et l'ai chevauché furieusement jusqu'à ce que la tête me tourne.

N'est-ce pas amusant que ce soit chez les deux vieilles tantes paisibles que mes émois se réveillent !

Je les plains de ne point connaître la volupté, aussi, en partant, je les serre plus tendrement que d'habitude dans mes bras.

Me voici dans la rue. Rues de Paris, grouillantes, parcourues de frissons vivaces qui s'entrechevêtrent, de désirs qui se croisent. Rues où l'on se sent vivre, guettée, où l'on est une proie promise on ne sait à quelles puissances.

J'entre dans un grand magasin et j'en ressors une demi-heure plus tard. J'ai plusieurs paquets dans les bras. Je suis heureuse comme une femme qui porte plusieurs petits paquets dans les bras et qui sort des Galeries.

Il fait bon. L'air a cette lumière spéciale qui n'existe qu'à Paris, ce que ma mère appelle, dans son œuvre littéraire — elle n'en rate pas une —, un vrai ciel d'Ile-de-France. J'ai envie de vivre et cela doit se voir, je marche comme telle.

Quand j'étais jeune fille, je marchais volontiers comme un gendarme, je serrais les fesses et j'avançais dur et sec. Maintenant, je suis plus tendre, j'ai plus de roulis, plus de tangage.

Et comme il ne faut pas faire les choses à moitié, je viens justement de me payer des talons hauts. Cela me fait un petit derrière tout neuf et bien dansant.

Le résultat ne se fait pas attendre. C'est curieux comme la sympathie des gens dans la rue se localise sur certains points particuliers !

J'ai cinq centimètres de tour de fesses en plus et les messages de sympathie affluent. Ah ! si mon petit derrière était un livre d'or, j'en aurais des signatures !

Je monte dans le métro. Comme il est six heures je vais être bousculée, mais je ne déteste pas cela, tous ces corps qui vous frôlent.

Tout à coup, une main se pose sur mon livre d'or, une main venue de je ne sais où. Je m'inquiète. S'agirait-il d'un kleptomane ? Mais la main en veut décidément à mes fesses.

— Vous permettez que je tâte ? Oh ! en tout bien tout honneur !

Je giflerais bien l'indiscret. Mais on ne gifle pas avec un paquet...

En outre, il touche là un point délicat, une partie de moi-même qui vient d'être émue, qui l'est encore.

Il monte de plus en plus de gens et je suis de plus en plus serrée contre mon satyre. Je suis appuyée contre la petite échelle d'incendie qui me rentre dans le dos, mais cela ne fait rien. Je sens tout ce qu'il a dans ses poches : son trousseau de clefs d'abord, puis un objet dur que je n'arrive pas à identifier et qui n'est pas ce à quoi je pense, puis un autre objet dur, de plus en plus dur, qui précisément est cela.

Je sens son membre qui frotte un peu haut d'abord, sur le pubis, sur le petit triangle de poils. Comme il est dur, comme il est sincère ! Si tous ces centimètres de sincérité pouvaient entrer dans moi, je sens que je ne dirais pas non ! Tout de même, il ne peut pas me mettre cela ici ! Ah ! ce serait trop beau !

Ah ! s'il y avait une panne d'électricité ! Il paraît que cela arrive, puisqu'il y a des affiches :

En cas d'arrêt entre les stations, les voyageurs sont priés de ne pas descendre sur la voie avant d'y avoir été invités par les Agents de la Compagnie.

Non, ne rêvons pas, il ne peut pas me mettre cela ! Donc pas la peine d'être si humide puisque c'est impossible. Une de ses mains joue avec mes seins.

Encore des voyageurs. Qu'ils entrent, qu'ils entrent, qu'ils s'accumulent, c'est tout bénéfice pour moi !

Il m'a couverte avec les deux pans de son pardessus. Sa main est bien cachée chez moi et il remonte vers là-haut, il touche ma cuisse, il appuie dessus, il masse sous la jarretelle, il remonte encore, il va même trop haut, il touche les poils, il s'amuse à les défriser, il appuie de la paume sur le petit triangle bombé et un doigt s'aventure dans l'intervalle de mes deux cuisses, que je tiens encore serrées par je ne sais quel réflexe stupide. Il tâte, il insiste, je me décide à l'aider, je fais comme si je glissais, mes jambes plient un peu et cela commence à se desserrer sous sa main. Son doigt dur touche l'extrême bord des petites lèvres, là où ce n'est pas encore très intime, là où l'on n'est pas encore très compromise. Mais il s'impatiente, je comprends cela, il pousse son doigt en remontant, il tourne un peu et... la première phalange entre, il n'y a plus qu'à le laisser pousser... ce qu'il fait ; il pousse, il remue doucement comme le battant d'une cloche. Je me laisse glisser encore de quelques centimètres, je m'installe commodément. Il y est tout à fait...

Je descends comme s'il ne s'était rien passé, appelant à la rescousse toute ma dignité de jeune fille bien élevée qui ne se fait pas peloter dans le métro.

Mes deux frères m'accueillent joyeusement.

— Il y a une surprise-partie chez Stasia ce soir. On pend la crémaillère. Tu en es ? me demande Antal.

— Bien sûr ! Si maman ne crie pas trop fort.

— Elle ne dira rien. Je lui ai expliqué que nous allions à l'Opéra, explique Claude. Si nous rentrons trop tard, nous trouverons bien un alibi.

— Ça va ! J'en suis ! Vous avez de l'argent ?...

— Non ! Fauchés !... Tu devrais taper papa !...

— C'est toujours moi qui suis de corvée !...

— Papa a toujours été sensible au charme féminin !

C'est vrai. Aussi j'obtiens facilement de lui cinq cents francs et la recommandation de bien nous amuser. Il peut compter sur moi !

Chez Stasia, quand nous entrons, vers dix heures, la fête bat son plein. Elle habite un studio moderne, rue des Dardanelles. Un vaste atelier décoré comme un fond de mer. Les murs sont peints en bleus et verts dégradés. Sur les murs, des hypocampes, des méduses, des pieuvres, des poissons de toutes sortes, des coraux, des astéries dessinés avec un réalisme effrayant. Tous les meubles sont transparents. On se sent comme dans un vaste aquarium. Les divans, au dessus bleu pâle, sont entourés de plaques lumineuses. Un tas de petites pièces meublées avec fantaisie se suivent et partent de la loggia, qu'on atteint par une fausse échelle de corde.

Il y a foule quand nous entrons.

— Que d'eau ! Que d'eau ! crie à côté de moi une voix que je connais.

C'est un des amis de Claude, un Américain fort excentrique et saoul à l'accoutumée. Il me saisit par le bras :

— Même le bar est un aquarium où il y a des poissons et de l'eau véritable.

— J'espère qu'on n'en met pas dans les verres.

— Un peu de whisky ? Venez en boire !

— Merci ! Trop fort pour moi !

— Allons, essayez !

Je bois, j'embrasse Stasia, une belle fille blonde de trente ans, parfaitement maquillée, vêtue de noir et couverte de bijoux. Elle est russe, princesse et connue dans tout Paris par le nombre de ses amants. Claude et Antal ont eu ses faveurs à leur tour. Mais seulement une fois, car c'est chez elle un principe de changer souvent de partenaire.

— Il n'y aura bientôt plus d'hommes que je ne connaisse, me dit-elle en riant. Je vais partir au Japon pour en trouver encore.

Un individu tente de me harponner, de me jeter le grapin dessus. Il est venu dîner chez nous un jour. Maman, qui le trouve grand seigneur, l'aime bien, alors il croit que c'est arrivé.

Moi, les grands seigneurs ne m'en imposent pas, je suis républicaine.

C'est le type même du parfait crétin, du goitreux.

Il a lutté toute sa vie pour obtenir des gens qu'ils disent « coquetel » et non « cocktail » et « fleuretter », notre jolie expression de chez nous : « conter fleurette », au lieu de « flirter ».

Je fuis, mais il me poursuit en se tortillant comme un ver de vase. Toi, quand j'irai à la pêche je te colle au bout de l'hameçon !

Le crétin me dit :

— Vous n'êtes pas une jeune fille, vous ! Vous n'êtes pas plus une jeune fille que moi !

Que lui ? Sait-on jamais ! Il a peut-être un petit machin soigneusement caché sous son pantalon. Cela s'est vu ces trucs-là ! C'est comme le champion de course à pied qui bandait au départ et accouchait de deux jumeaux à l'arrivée.

Heureusement Claude vient à mon secours.

— Tiens, voilà un Monsieur qui veut danser avec toi, me dit-il.

Miracle, c'est mon frotteur du métro ! Nous nous éloignons de la foule.

— Comment êtes-vous venu ici, Monsieur ?

— Je vous ai suivie avec constance. C'est tout ! Je suis resté trois heures devant chez vous. Vous en êtes sortie avec deux garçons qui vous ressemblent et dont j'ai deviné la parenté immédiatement. Arrivé devant la porte, ici, j'ai hésité longuement. Puis j'ai vu des bandes joyeuses qui montaient les bras chargés de paquets. Je suis allé au magasin le plus proche, j'ai pris deux bouteilles de Mumm ; je suis entré à mon tour, j'ai embrassé une dame que tout le monde embrassait, donné mes bouteilles au barman, et puis je vous ai cherchée. J'ai bu avec votre frère et demandé à danser avec vous... Voilà !

Il m'embrasse, je suis émue. Lui aussi ça a dû l'émouvoir. Instinctivement mes yeux se portent à un endroit précis de son pantalon. Il a pris de l'ampleur sous le pantalon, on le sent enthousiaste, content de vivre. Il me le fait tâter d'ailleurs, il me regarde, il rougit, je rougis.

Je suis un peu champagnisée par toutes ces coupes que les gens m'ont menée boire au buffet ; je suis gaie. Il me tient par la main, m'entraîne dans une penderie, une sorte de débarras où l'on doit reléguer tout ce qui ne plaît plus.

Il y a ici les toiles d'un peintre qui a été l'amant de Stasia. Du temps qu'elle couchait avec lui, les toiles étaient au salon. Maintenant qu'elle ne le connaît plus, ses natures mortes et ses femmes du monde longues comme des jours sans pain sont au débarras, en tas.

C'est ici que mon compagnon veut que je... mais que veut-il au juste ?

Je vais le savoir. Il m'embrasse, s'empare de mes seins, les triture, puis... Il s'asseoit sur un petit canapé qui est là en exil. A-t-il servi à abriter les amours de Stasia, lui aussi ? Il me fait agenouiller devant lui.

Alors il s'empare de ma main et il la force à déboutonner son pantalon. Ce qui me bondit au visage, c'est un beau sexe bien raide.

— Tiens ! Voilà ce que tu vas me faire !...

Sans hésiter, il courbe ma tête vers le priape, il colle ma bouche conte la petite bouche de son sexe, tout cela est fait d'une manière si décidée que je n'ose pas dire non et puis j'ai envie d'y goûter, moi aussi. C'est bon, c'est dur, on a envie de sucer, de faire mal, de mordre !...

Il retire sa queue de ma bouche.

— Attends, je ne veux pas jouir tout seul, je vais te faire la même chose que tu me fais.

Il va vers la porte, ferme le loquet. Heureusement qu'il y en a un !... Nous sommes maintenant tous les deux sur le petit divan, il s'est couché sur moi.

— Viens ! viens ! dépêche-toi, j'ai envie de sucer ton

petit con, de savoir quel goût il a... Oh ! comme il doit être bon quand il mouille !...

« Tu me mouilleras dans la bouche, dis ?...

Il me fait placer tête-bêche. A travers sa culotte, qu'il rabat sur ses genoux, j'ai dans la bouche son membre fier et tendu qu'il m'enfonce et que j'embrasse partout, de haut en bas, tantôt m'efforçant de l'engloutir, tantôt suçant le bout seulement, le serrant avec mes lèvres comme un anneau, tantôt le sortant de ma bouche et donnant un coup de langue rapide sur le gland, sur le filet.

Lui, de son côté, a relevé ma jupe, a tiré ma culotte. Il m'écarte, il m'ouvre bien ; mes petites lèvres, d'elles-mêmes, lui ont laissé le passage.

Et je sens sa tête qui s'est posée, qui repose entre mes jambes. Et sa langue qui frotte sur mes petites lèvres. Là !... elle entre !... Je sens la pointe qui darde, je sens le reste qui enfonce aussi, ce qui vient après la pointe, cette masse lourde, mouillée et chaude, cette masse large qui fait contraste avec la pointe aiguë qui repousse tout devant elle.

Et elle entre... Oh ! elle entre !... puis elle se retire et je sens de nouveau la pointe sur les bords, entre les lèvres, tandis qu'un doigt qui s'est glissé derrière, tout mouillé, aidé par le jus qui coule de moi, remue vite dans le trou de mon derrière.

Le doigt, comme il entre, il sort, il me baise par là et, tout à coup ça change de doigt. Ce n'est plus le même doigt qu'il me met. Il m'a mis son pouce, le cochon, et son pouce entre, arrêté d'abord par la petite bouche qui serre, puis il s'enfonce, il y est jusqu'à la petite peau douce qui sépare le pouce des autres doigts et que je sens appuyant sur la fente.

Je ne peux pas résister, il faut que je crie, que je lui dise mon plaisir.

— Va vite, mon chéri !... Frotte... frotte avec ta langue... là !... Enfonce-la maintenant au fond... Branle-moi derrière avec ton doigt... Continue !...

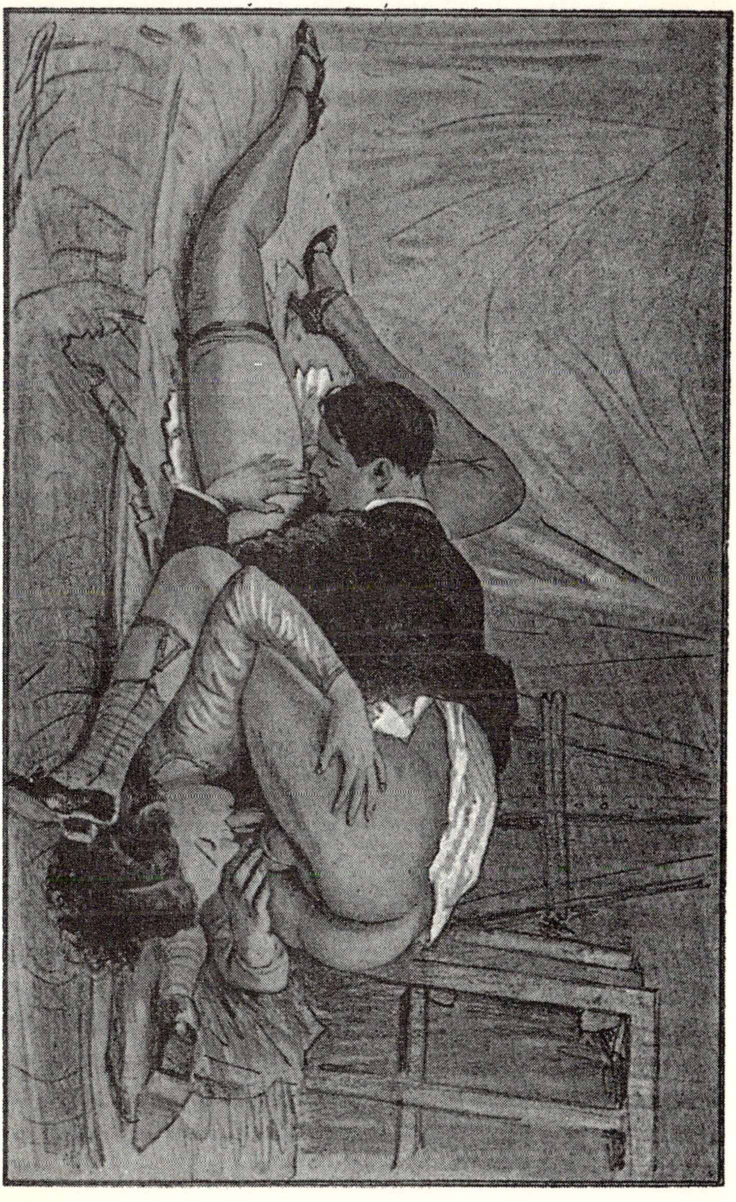

Il frotte, frotte et j'ai envie... j'ai envie maintenant d'autre chose, autre chose que je ferais en même temps qu'il me suce. Encore un peu et je sens que je ne résisterai plus.

Là ! là ! Je vais lui emplir la bouche... Je vais lui pisser dans la bouche... Oh ! comme j'aurais plaisir à pisser pendant qu'il me suce !... Oh ! comme je jouirais !...

Je ne me retiens plus, je sens que je vais le faire, j'ai tant de plaisir... je le fais... je le fais...

Il me remet sa queue dans la bouche, il remue vite, vite, ma tête qui suce son gland, il se tend brusquement, et je sens au fond de ma bouche un flot précipité et chaud que j'avale...

Nous nous séparons. Je reviens dans la cohue.

Mon frère Antal m'attrape par le bras :

— Quelle figure tu fais ! crie-t-il à mes oreilles. Tu dors debout. Allons, au lit, petite fille ! On ne t'emmènera plus dans le monde si tu es comme cela !...

CHAPITRE V

Il n'y a que le premier pas qui coûte.

Je le revis le lendemain, mon suiveur du métro. Il m'avait laissé son adresse. Je passais dans le quartier... Une espèce de frénésie m'agitait au souvenir de notre soirée... Je voulais ressentir encore toute la gamme des voluptés charnelles. Il me semblait que rien ne pourrait apaiser ma faim de caresses.

Je sors juste de chez lui, quand, dans la rue, j'entends un appel joyeux : c'est Stasia !...

— Avec des yeux comme cela, je ne te demande pas d'où tu viens, Florence !

— Qu'ont-ils de si extraordinaire ?

— Deux cernes bleus, immenses, qui proclament au monde entier que tu quittes ton amant.

— Heureusement, le monde entier est plus bête que toi et n'y voit rien. Aussi, garde-moi mon secret.

— Entendu, mais à une condition...

— Laquelle ?

— Raconte-moi tout.

— Je n'ai pas le temps aujourd'hui. Il faut que je rentre pour le thé, maman a des invités et j'ai promis d'être là.

— Téléphone-lui que tu m'as rencontrée. Que je pars en voyage. Que j'insiste pour te garder un moment. Elle n'osera pas refuser.

— Bon, je vais essayer.

Nous entrons au bar du Café de Paris et de là je téléphone. Maman me laisse libre. Je remarque que sa voix est un peu triste.

— Qu'est-ce qui ne va pas ? lui demandai-je.

— J'ai été obligée de faire mourir Christian, tu sais, le bel amoureux de mon dernier roman.

— C'est idiot de te faire du chagrin pour ça, puisque c'est toi qui l'as tué. Et, tu sais, un homme de moins, ça ne fait pas grand'chose.

— Tu as raison, dit maman, qui se met à rire. Allons, amuse-toi bien !

En quittant la cabine, un inconnu se poste devant moi. Il étend ses bras pour m'empêcher de passer.

— S'il vous plaît, dis-je d'une voix coupante en le dévisageant.

— Une minute. Peut-être aurez-vous besoin de moi. Je suis avocat.

— Je me demande en quoi un avocat pourrait m'être utile.

— Sans vouloir être indiscret, j'ai entendu votre conversation tout à l'heure. Qui a tué un homme sur vos conseils ?

— Ne vous en préoccupez pas trop. Ce n'était qu'un personnage de roman, un être imaginaire.

— Tant mieux alors ; pour fêter cette bonne nouvelle, venez prendre quelque chose avec moi.

— Impossible... Du reste, je suis avec une amie.

— Ça ne fait rien. Elle viendra aussi.

— N'insistez pas, ce n'est pas la peine. Au revoir Monsieur !

Je rejoins Stasia qui en est à son troisième « white lady ». Elle est gaie, rose, plus blonde que jamais, éclatante. Nous formons toutes deux un contraste frappant.

— Tu as mis longtemps, dit-elle. Ça ne marchait pas ?

— Si, très bien. Seulement il y avait un individu qui voulait nous inviter.

— Pourquoi n'as-tu pas accepté ?

— Ça ne se fait pas... Et puis, j'ai un amant...

— As-tu l'intention de n'en avoir qu'un ?...

— Un à la fois, certainement !

— Tu as tort. Si on veut être heureuse avec un homme il ne faut pas l'aimer. Mais comme nous aimons n'importe quel homme avec lequel nous faisons l'amour, il n'y a qu'un moyen de sortir de cette situation inextricable : avoir toujours plusieurs amants. Ils se servent mutuellement d'antidote, de contre-poison.

Je ris...

— Je n'y avais pas pensé encore.

— Où est ton don Juan ? me demande Stasia.

— Regarde, à la quatrième table à droite.

— J'aime bien ce genre d'homme, avec ces yeux clairs fouailleurs et ces lèvres charnues. En général ils baisent bien !

Avant que j'aie le temps de m'interposer, elle lui fait signe. Il s'approche de nous.

— Nous avons l'air de deux grues, dis-je, fâchée, à Stasia.

— Ça ne fait rien. Il ne nous manque qu'une chose pour l'être : ne pas avoir d'argent !... Et puis... ici...

En effet, c'est une foire aux femmes. Elles sont nombreuses qui, fardées, aguichantes, assises sur les fauteuils confortables de ce bar équivoque, attendent l'aventure, un vague sourire flottant sur leurs lèvres.

L'avocat est devant nous.

— C'est fort gentil à vous de nous inviter, dit Stasia. Justement nous nous ennuyions...

— Où voulez-vous que nous allions ?...

— N'importe où !

— Partons !

Dans le taxi il écrase ses genoux contre les miens, pétrit une de mes hanches et me complimente spirituellement. Mais je boude. Les façons de Stasia me déplaisent.

Dans la boîte où nous échouons, elle mange comme si c'était la première fois de la semaine et je la regarde avec stupéfaction. Elle s'amuse à nous faire passer pour deux petites femmes de mœurs légères, très légères et, de plus en plus, notre hôte — qui se prénomme Gérard — s'émoustille. Ses yeux brillent. Sous la table ses jambes enserrent les miennes, ses mains moites se posent sur mes bras nus.

Est-ce l'effet du champagne ? De la nourriture trop abondante ? De l'atmosphère si nouvelle pour moi ? Tout à coup j'entre dans le jeu, je ne sais plus ce que je dis, et je réponds à ses invites avec des coquetteries qui m'étonnent moi-même.

Un moment, Gérard s'absente. Stasia me dit :

— Écoute, profite de l'aventure. Ce sont quelquefois les plus charmantes. Ton amant quotidien te semblera plus délicieux après.

— Je n'ose pas !...

— Mais si, tu en meurs d'envie. Les amours imprévues sont les meilleures et laissent les plus beaux souvenirs.

Quand Stasia se décide à nous quitter, Gérard insiste pour me garder encore, ne serait-ce qu'une heure. J'accepte lâchement... ou courageusement, je ne sais plus au juste.

Il m'entraîne. Encore un taxi où il m'étouffe sous ses baisers avides. Avant de monter chez lui, je le quitte un instant pour téléphoner à la maison qu'on ne m'attende pas pour dîner, je ne sais pas combien de temps il faudra au Monsieur pour se calmer, car il a l'air rudement excité.

J'entre dans un petit bistro qui fait le coin de la rue et me dirige vers l'appareil qui est dans un recoin de la salle. En partant je me cogne à une ravissante petite gouape qui m'interpelle.

— Alors, la belle, on est pressée, on téléphone à son chéri ?...

— Oh ! vous, laissez-moi !...

— Comment, que je vous laisse ?... Déjà !... On n'a pas seulement eu le temps de se dire un petit bonjour !...

— Vous me direz un petit bonjour une autre fois !

Il me suit du regard. Il en est pour ses frais, l'amour de gosse.

Je rejoins Gérard impatient et nous entrons dans son appartement.

D'abord il ne dit rien, il ne bouge pas, puis il se décide. Il avance la main, je sais où il la posera... Elle atterrit sur mes seins, il les tâte à travers l'étoffe.

Mes seins gonflent ma blouse. Il les tâte doucement, il en fait le tour, d'abord comme pour bien préciser leur forme, puis il semble s'apercevoir qu'il y a une pointe. Il la pince légèrement, la roule entre deux doigts, puis il s'énerve, en veut davantage. Il tente de faire entrer sa main dans mon corsage, par le haut.

J'ai une broche difficile à ouvrir. Ça retarde la manœuvre et il s'affole. Moi aussi. Mais ce n'est pas si désagréable d'attendre comme cela cinq secondes qui ont l'air d'un siècle. Mes pointes ont le temps de se gonfler, de se raidir davantage.

Quand la broche est ouverte enfin, quand la main précieuse commence à descendre du cou qu'elle caresse jusqu'à la vallée entre les deux seins, où elle s'engage doucement, le plaisir a le temps de monter en moi.

Sa main va se poser sur le globe, je le sens, je le veux !...

Enfin elle y est, toute la paume, puis la petite pince du pouce et de l'index qui se saisit du mamelon, cette fois à même la chair. Ma petite pointe bande, bande, en exigeant plus maintenant, exigeant une bouche, des lèvres... et la bouche vient aussi.

Elle descend par le même chemin où sont descendues les mains. C'est ma gorge qu'elle embrasse, lèche, suce, qu'elle marque, puis le commencement de la vallée et là il n'y a pas que la bouche, il y a aussi le petit bout de la langue qu'il pointe, avec lequel il lèche doucement.

Qu'est-ce qu'il fait là ? Ça y est, le globe de mes seins est contourné, encerclé par des petits coups de langue, puis des coups de plus en plus rapides les strient de long en large, puis la langue s'arrête, se fixe, s'attaque au mamelon, elle le bat, le caresse, le prend, le reprend... Puis il happe la pointe entre ses deux lèvres. Il suce, je sens le mamelon attiré irrésistiblement à l'intérieur, et là, bien enserré dans l'anneau des lèvres, la langue le reprend, avance vers lui, le frotte, le râpe, l'agite presque jusqu'à la douleur, puis au moment où il va avoir mal, le console, le calme, lui donne de nouveau le bonheur.

Je sens venir tout le bonheur qui est répandu en moi. Je le sens affluer vers cette petite pointe, tout est tiré de moi vers le bout de mes seins et sa main en bas me branle, touche et, sous la culotte, s'empare des petites lèvres. La tête commence à me tourner. Il s'arrête, lâche la pointe de mon sein...

— Je veux te voir, je veux voir comme tu es belle !...

Il se lève, ma croupe enfonce dans le divan intime. Je commence à ressentir par là aussi cette inquiétude, ce désir, cette irrésistible envie que j'ai d'être caressée par là, que j'ai chaque fois que je m'asseois sur un divan qui me plaît.

Cela me rappelle le bon divan de chez nous, qui était comme vivant, qui me branlait chaque fois que je m'asseyais dessus.

Gérard est devant moi, il dégrafe mon corsage.

Ce n'est pas si facile, mais la joie, le bonheur de le voir s'énerver, me désirer de plus en plus à mesure que les vêtements résistent ! Enfin, les bras passent.

La jupe, maintenant ; ma croupe refuse de se laisser dépouiller et les mains, les bonnes mains luttent avec elle, l'empoignent pour qu'elle se laisse faire. La jupe glisse lentement, frotte les cuisses, frotte les mollets, laissant sur son passage un contact qui se répercute en frissons dans tout mon corps.

Il y a encore la ceinture !...

La ceinture, elle, serre les fesses. Il veut l'enlever, il me tourne et me retourne pour la saisir plus commodément, si excité qu'il en est maladroit.

Puis, brusquement pris d'une idée, la laisse sur moi, la remonte seulement un peu. Il ne peut plus attendre et me force à m'agenouiller sur le divan en lui présentant la croupe.

Sa bouche se pose sur mon petit trou de derrière, mordillant les poils, puis mange voracement les bords plissés de l'anus. Et la langue entre, glisse dans cette partie brûlante de moi-même, va et vient dans le trou déjà si excité.

C'est une impression d'une douceur inouïe, réveillant les sensations agréables que j'ai toujours quand je m'accroupis.

Le petit orifice, serré d'abord, frissonne, s'amollit devant l'insistance de la langue qui pénètre, qui ressort pour pénétrer de nouveau plus loin. L'affolement me gagne tout entière. Nos deux mains se rejoignent sur l'autre côté de ma personne, au bord des petites lèvres.

Je prends sa main, que je plaque sur mes parties intimes, le guidant, lui faisant trouver du premier coup le monticule érigé et tout mouillé, réglant avec ma main la cadence de la sienne, la faisant courir vite, puis s'arrêter comme morte, puis recommencer sa course à mesure que la langue pointue et bonne me suce l'anus.

Une halte, nous reposons l'un près de l'autre.

— Comme vous êtes belle !... Je veux que vous voyiez comme vous êtes belle !

Il se lève, me fait lever, je résiste un peu, mais il me tire devant une grande glace. Visiblement, il prend un plaisir sincère à cette démonstration.

— Regardez ces seins que vous avez, ces deux seins en pommes, et ce bassin, cette chute de hanches ! Oh ! le beau cul que tu as !

Et puis... Il hésite et lâche enfin le mot.

— Regarde-toi entre les jambes !... Oh ! j'aimerais tant que tu te regardes entre les jambes, que tu voies comme tu es belle. Cela me fera plaisir !... Regarde-toi !... Regarde comme tu es belle !... Accroupis-toi !...

J'obéis.

— Oh ! tu ne vois pas assez bien ! Je veux que tu te voies mieux. Attends !

Il me fait accroupir sur le tapis. Il va chercher sur un guéridon une petite lampe, une autre glace. Il se baisse, place la lampe entre mes jambes, pose la glace sur le tapis.

— Regarde ! Tu te vois, maintenant ? Regarde tes petites lèvres comme elles sont roses ! Tu vois comme je les écarte avec le doigt ? On voit la petite grotte profonde ! Là, tu sens, où je mets le doigt ?... C'est par là que tu mouilles, hein ? cochonne !... Et là, la vallée qui sépare ton petit con de ton petit trou du cul ? Là, la vallée où je glisse mon pouce ?...

Il approche la lampe. L'ampoule me chauffe doucement, pas d'une manière désagréable.

— J'aime tant regarder tout cela. Tout cela qui est vivant, qui bouge, qui réclame... Dis, ça ne t'embête pas trop que je regarde ? C'est si beau une jolie fille comme toi, quand on la regarde en détail. Écarte tes lèvres ! Fais comme moi ! Vois ton bouton ! Tu jouis quand on appuie dessus ? Tu jouis, hein ? Il ne faut pas appuyer longtemps !...

Je suis un peu fatiguée d'être accroupie, il m'aide à me relever, me met sur le lit. Il décroise mes jambes. Il les élève,

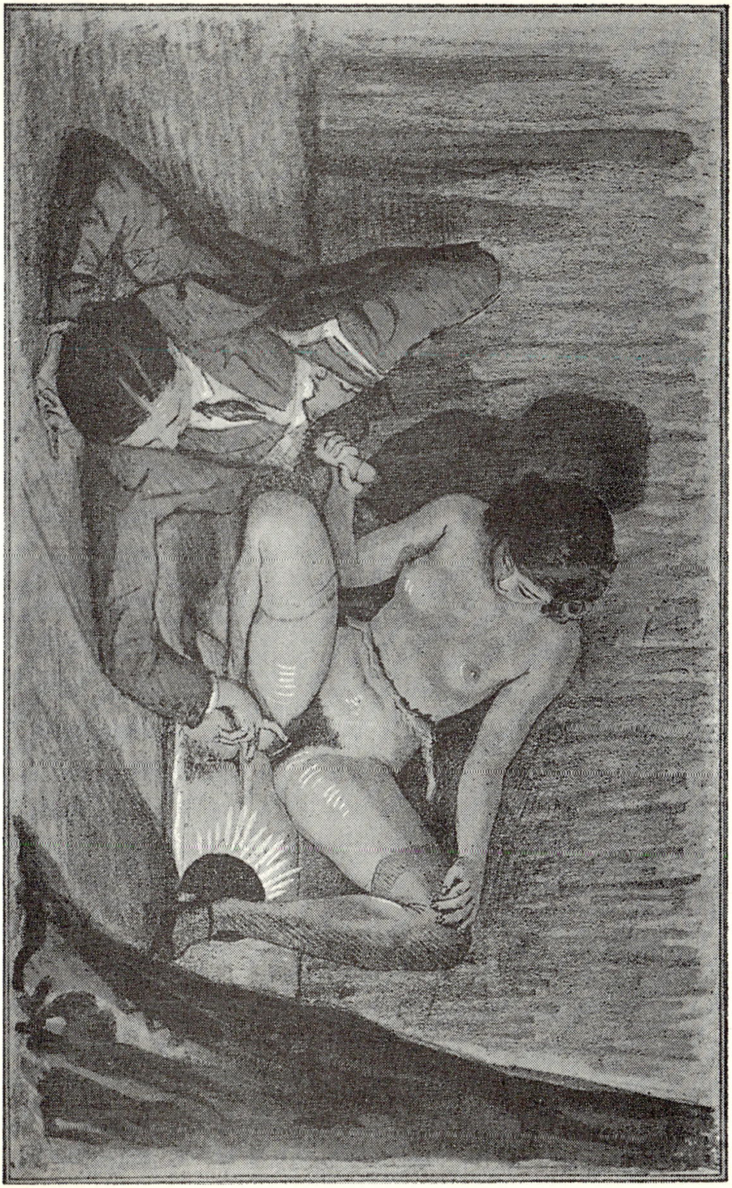

me repousse vers le milieu du lit. Il pose ma propre main sur ma petite grotte.

— Tiens, caresse-toi !... Caresse-toi fort !...

Il met la petite glace sur le lit.

— Tiens, tu vas te voir te branler !... Ça t'excitera, tu te verras jouir !... Attends ! Branle-toi !... Je vais venir quand tu seras bien excitée !...

Je remue ma main, il est couché près de moi sur le flanc, gentil, pas brutal, il me pose des questions avec à la fois une certaine gêne et une gourmandise de savoir qui ne me déplaît pas.

Qu'est-ce qui l'intéresse, mon Dieu ?... Il en a des idées bizarres !...

— Je vais te confesser. Tu vas me dire tous tes petits secrets, tu veux ?... Ça m'excitera !

Il me le demande d'une manière si suppliante et si impérative à la fois que je ne peux pas dire non. Il est rendu timide par les questions qu'il pose et il en a follement envie.

C'est d'abord la question que posent tous les hommes :

— Quand vous... quand tu es seule, qu'est-ce que tu te fais ?... Avoue ! Est-ce que tu te fais comme maintenant ?... Tu te branles, hein ! Petite sale, quand tu es bien seule dans ton lit ou ailleurs, quand on t'a raconté une histoire qui t'a bien fait mouiller ?... Tu es souvent mouillée, n'est-ce pas ?... Et en amour qu'est-ce que tu aimes ?... Est-ce qu'il y a des manières que tu préfères ?... Et... comment dire... il se penche à mon oreille... en levrette, tu aimes ça ?...

Mais là, par exemple, je ne sais quoi répondre, je dois dire que... enfin... je ne comprends pas du tout ce qu'il veut dire.

— Comment ! Tu ne sais pas ce que cela veut dire ?... Écoute... Mais branle-toi ! Continue à t'exciter ! Je vais te le dire !...

Il me dépose un suçon rapide sur le monticule, puis reprend :

— En levrette, c'est quand la femme se met à genoux et l'homme derrière, il lui entre dans le con par-derrière. Et par l'autre petit trou, par le petit trou que je t'ai sucé tout à l'heure, tu aimes, quand on te la met ?...

Je ne réponds pas. L'idée de m'agenouiller, de bien tendre ma croupe et de recevoir la queue comme cela, commence à précipiter le plaisir que ma main me donne.

Il change de voix. Il me pose encore une question :

— Et avec des fruits tu t'es déjà branlée, avec des fruits, dis ?... Avec une banane ?... Hein ! tu t'es déjà entré une banane dans le con, dis ?...

Je fais oui, oui, de la tête.

Il se couche sur moi comme décidé. J'attends quelques secondes, tandis que mon impatience augmente, augmente...

Il se relève.

— Non, pas pour aujourd'hui, ce sera pour une autre fois !... Quand tu reviendras !...

Il a un sourire triste... C'était donc pour cela qu'il parlait tant !...

Je dégringole l'escalier, trop vite rhabillée. Qui aurait cru cela tout de même, un garçon qui promettait tant !

Je n'ai pas fait dix pas qu'on m'attrapc par le coude. Comment, encore lui ! C'est mon beau gosse de tout à l'heure.

— Hou ! la vilaine !... qui me fait claquer soixante-quinze balles dans l'appareil à sous ! Parfaitement, qu'est-ce que vous voulez qu'on fasse en vous attendant, pas vrai !

— Vous m'avez attendue tout ce temps ?

— Oui ! Vous m'avez dit qu'on verrait une autre fois. Eh bien ! c'est tout vu ! C'est maintenant l'autre fois. Allons, montez !

Il fait signe à un taxi. Il fait noir, personne ne me verra.

— Le tour du Bois, mon petit pote, et ne va pas trop vite, on a le temps.

Effarée, pas mécontente au fond, je me laisse faire. Après tout, la destinée me doit bien une petite revanche.

Il fait noir, personne ne me verra et puis il n'est pas mal de sa personne, comme on dit. Assez vulgaire, mais agréable. Trop bien habillé peut-être, comme on s'habille sur les boulevards.

— Alors, ça a marché avec l'autre ?

— Quel autre ?

— Fais pas la sainte-nitouche, mon rival, quoi ! Je vous ai bien vus partir tous deux !

— ...

— Alors, ça a marché ? Réponds donc !...

Je n'ai pas le courage de mentir.

— ... Non !...

Ah ! non ! Ça n'a pas marché, j'en suis encore toute mouillée inutilement. Je ne peux tout de même pas lui faire voir les dommages que l'autre a causés et qu'il n'a pas réparés.

Il ne dit rien. Interrogeons-le, puisque c'est l'usage de savoir un minimum d'état civil sur les gens avec qui on se trouve...

— Qu'est-ce que vous faites dans la vie, vous ? Vous suivez les femmes, c'est tout ?...

— Pas de mise en boîte ! J'fais du trapèze !

— Hein ?

— Ben quoi ! je dis : « je fais du trapèze », du trapèze volant, quoi ! au Médrano. Jimmy, je m'appelle ! Tu connais pas Jimmy ? T'as pas vu la photo dans l'*Intran* de la semaine dernière ?

« On a un beau maillot tu sais, et puis on le remplit bien. Tu veux tâter les biceps ? C'est pas du fromage, tu sais ! Tu sens comme ça roule ! J'te casse une noix entre le biceps et l'avant-bras, moi !

Je me tais, ne sachant trop quoi dire devant cette voix vulgaire et chaude, agréable. Comme ce parigot peu distingué, mais fort, me change du raffiné de tout à l'heure !

— T'as tâté ? Et ça, tu veux tâter ? Tiens, mets la main !

Ah ! c'est toujours la même chose qu'ils finissent par vous faire tâter, les hommes.

Je tâte. C'est dur. Ça monte droit comme une tige sous le pantalon en sportex.

— Oh ! tu peux toucher, t'as pas besoin d'avoir peur ! Il te bouffera pas !

Il rit.

— Ça serait plutôt le contraire.

Si bon enfant que je ne peux pas me fâcher.

— Tiens, asseois-toi en douceur, mon petit gars !

Une position que je ne connaissais pas encore.

Cette fois je tiens bien en main ce membre dur, solide, je joue avec, je m'amuse et ça ne me dégoûte pas et même une certaine émotion me vient. C'est agréable, sympathique à tenir.

Le désir commence à se préciser en moi, prendre cette queue, l'amener vers moi, bien l'ajuster en face de l'orifice et l'enfoncer d'un coup au fond.

Il a dû comprendre, car sa main me cherche. Il m'a refoulée dans l'angle de la banquette. Il me presse, il a saisi mon genou.

Au-dehors c'est la nuit, l'obscurité presque complète, nous avons dépassé la porte Maillot, nous roulons dans le Bois, maintenant.

De temps en temps, une voiture arrêtée où des femmes doivent être, les jambes bien écartées, en train de mouiller.

Il lâche mon genou, monte rapidement, si vite, empoigne

mon con, sa main branle vite les petites lèvres, son doigt pousse à l'intérieur.

Il me chuchote à l'oreille, de sa voix un peu rauque que j'aime maintenant :

— Fais pas d'histoire, laisse !

Il branle fort, presque brutalement. Il tourne, frotte le bouton qui est sorti, qui est venu à la rencontre de ses doigts.

De temps en temps, il pousse mes deux fesses l'une contre l'autre, il me comprime, puis me lâche. Moi je n'ai pas quitté sa queue toujours aussi raide. Il me dit :

— Viens, viens ici, asseois-toi, asseois-toi en douceur, mon petit gars.

Il me fait asseoir sur lui, je m'accroche des deux bras à son cou pour ne pas tomber. Je suis assise, genoux écartés, la bouche près de sa bouche. Alors seulement, il m'embrasse tout de bon, enfonçant sa langue dans ma bouche, et avec ses genoux qu'il ouvre, il écarte mes jambes.

Je suis assise sur lui, fesses nues sur son pantalon qui me râpe un peu. Ça m'excite bien et tout en moi demande cette queue qui, pour le moment, est appuyée sur mes poils, sur mon pubis. Il me dit à l'oreille :

— Dis que tu la veux, hein !... Tu la veux, ma queue ?... Tu la veux, ma queue, bien au fond ?... Tu veux que je te la mette ?... Tiens ! Tiens !...

D'une seule poussée il m'empale, il est au fond, il m'emplit. Je chevauche, je dispose à mon gré de sa queue, j'en mets plus ou moins long dans ma gaine. Et comme il ne peut guère se soulever pour remuer dans moi, c'est moi qui agis, qui la fais cogner au fond, bien au fond, vers la matrice où je l'arrête au bord.

Je suis comme furieuse, déchaînée ; il me semble que je me venge, que j'assouvis je ne sais quelle rancune.

Je me dis : « Tiens, voilà ce que j'en fais de ta queue !

Tiens, je me la mets dans le fond ! Tiens, je n'en veux plus, je la rejette ! Tiens, je vais la pousser et la mordre avec mon con ! Ah ! tu bandes ! Eh bien ! je vais te faire décharger, tu verras comme tu vas décharger ! Tu verras comme tu vas m'arroser !... »

Lui, derrière, s'est mis à me donner des petites claques sur les fesses qui se répercutent en moi, qui se prolongent.

Et puis, tout à coup, il m'immobilise.

— Attends !... Arrête-toi !... Tu vas me faire décharger !... Pas encore !... Attends un peu !... Tourne-toi maintenant, tourne je te dis, que je sente mieux tes fesses !...

Il me fait virer sur moi-même, lentement, pour que sa queue ne sorte pas du trou.

Je lui présente le dos maintenant. Et c'est encore meilleur.

Je suis complètement assise sur lui comme sur un fauteuil, bien assise, bien en plein, empalée. Sa queue me va loin comme jusqu'au cœur ; il me dit :

— Et comme cela, tu aimes, tu aimes que je te la mette comme ça ? C'est cochon comme ça, hein ? Cela te plaît de t'asseoir sur une queue ?... Tu aimes bien avoir une queue dans le cul ?... Cela te démangeait, hein, salope ?

Je lui ai passé sa main devant et je lui fais frotter mon clitoris. La queue, forcée par la position que j'ai prise, élargit encore le con et je recommence à chevaucher furieusement.

J'écrase mes fesses contre ses cuisses, contre son pantalon ; je soulève et j'abaisse mon cul, ou bien, sans le soulever, je frotte de droite à gauche dans un mouvement qui me chiffonne les petites lèvres, qui les froisse.

Et alors, il me décharge tout bien au fond, je n'en perds pas une goutte.

Nous voilà revenus à la porte Maillot, le taxi s'arrête.

— C'est vingt francs cinquante !

Il ne bouge pas ; je comprends : il me laisse payer.

Sur le trottoir :

— Je te quitte, ma belle, à un de ces jours. Si tu veux me voir, t'as qu'à demander Jimmy au Médrano, on t'indiquera. Ma loge c'est la troisième sur le palier, au bout de l'escalier de fer, pas l'escalier en bois, hein, confonds pas, petite tête ! À un de ces jours, ma belle !...

CHAPITRE VI

La chambre qu'habitent mes deux frères est un grand studio fait de deux pièces ordinaires. On a démoli une cloison parce qu'ils ne peuvent pas plus se séparer la nuit que le jour. Ils en profitent pour se chamailler à longueur de journée et mener une vie de patachons à laquelle nul, dans la maison, ne semble porter attention.

Nous avons décidé de ne rien faire, cette fin d'après midi, sauf boire du thé et bavarder.

Claude et Antal, à leurs moments perdus, suivent des cours de droit. On ne les voit jamais travailler, mais, par un incroyable miracle, ils réussissent tous leurs examens.

En ce moment je les regarde, fumant à mes côtés. Ils sont exactement semblables et je ne m'étonne pas qu'on les confonde si souvent. Je me mets à rire.

— Quand vous serez avocats, vous tâcherez de plaider toujours dans les mêmes affaires. Je vois d'ici la tête du président, entendant tour à tour le même type dire les choses les plus contradictoires.

— Oh ! c'est surtout avec les femmes que c'est drôle, dit Antal. Quand nous étions en vacances, en Allemagne, chez nos amis Hardt, j'entre par hasard dans un petit salon d'où Claude venait de sortir. Une femme étendue sur un divan me tend les bras et dit :

— Oh ! *liebling*, reviens, aime-moi encore !...

Je me suis exécuté immédiatement. Et j'ai contribué à accroître la réputation, déjà bonne, de Claude.

— Satyre ! fait celui-ci vexé... Tu ne m'avais jamais dit que tu avais fait l'amour avec Greta !... Si elle ne t'avait pas pris pour moi, tu n'avais aucune chance, tu sais ! Elle m'aimait réellement !

— Bizarre qu'elle ait pu vous confondre, dis-je. Pour une femme amoureuse !...

— Oh ! toi... pour ce que tu y connais !... jette dédaigneusement Claude...

Il fait bon ; ça me fait un drôle d'effet que je n'analysais pas jusqu'ici et qui commence par m'effrayer un peu... car il s'agit de mes frères...

C'est plein de lettres de femmes que, naturellement, ils laissent traîner quand on vient. Les lettres de femmes c'est fait pour ça et ils ne l'ignorent point. On les attend avec impatience et quand on les reçoit on ne va pas jusqu'au bout ; ce sont les autres qui vont jusqu'au bout, ceux à qui elles ne sont pas destinées... Moi, par exemple, quand je viens chez eux.

Il y a aussi bon nombre de photos obscènes avec des personnages les quatre fers en l'air.

— Regarde pas ça, malheureuse !

Mais ils se précipitent pour me les arracher généralement avec tant de lenteur que j'ai le temps d'apprendre les positions par cœur. Ils rougissent et ça m'émeut.

Il y a leur odeur excitante, leur parfum, leur eau de Cologne qui est débouchée, leur pyjama sur le lit qui sent le jeune garçon.

Me voilà sommeillant à côté d'eux et je commence une vague rêverie molle et pas désagréable. Je suis étendue doucement sur le divan où l'on enfonce un peu, Antal couché d'un côté, Claude de l'autre, moi au milieu.

Et je me pose des questions. C'est une après-midi paresseuse et indulgente qui a l'air faite pour cela. Pour être étendus à trois et pour se poser des questions. Des questions bizarres. Que je n'oserais pas poser tout haut bien sûr. Des questions un peu sans suite, qui ne mèneraient à rien pour un psychologue, que rien ne semble avoir provoquées sinon, peut-être, cette après-midi troublante. Je sais bien qu'elles peuvent paraître obscènes ces questions. Comme les gens sont compliqués !

Je m'imagine très loin, à Tahiti (je viens de lire un roman qui se passe là-bas), vahinée dégagée de nos préjugés occidentaux, étendue sur la plage au sable doré entre deux inconnus qui sommeillent doucement. Et je me penche sur eux.

— Quelle est votre manière de faire l'amour, ô étrangers, et de combien de centimètres enfoncez-vous, ô étrangers, et combien de fois renouvelez-vous vos exploits, et dans quels coins solitaires, quand vous êtes seuls, satisfaites-vous vos desseins, ô étrangers ?...

Je me demande cela, couchée ici dans cette pénombre chaude et lourde. J'ouvre un œil et je vois à droite, à l'endroit précis du pantalon, le renflement adorable de la virilité chez l'un, et à gauche, au même endroit précis de mon autre frère, la petite colline faite par le sexe qui dort.

Il ne dort pas si fort que cela probablement, car tout à coup ce que j'imagine se réalise.

C'est Claude. Je vois l'étoffe se tendre, la petite place bombée augmenter de volume, je devine la jeune tige qui relève la tête, qui se dresse par petits soubresauts, qui se met debout.

Quelques minutes se passent comme cela dans le silence de la chambre surchauffée, puis j'ai juste le temps de refermer les yeux, Claude se dresse, nous regarde, Antal et moi, faussement endormis, puis se lève et sort doucement, appuyant légèrement sa main sur son sexe, comme pour lui dire d'attendre.

Où va-t-il et que va-t-il faire ?

Je suis prise d'une folle envie de le suivre. A mon tour, je me lève sur la pointe des pieds. Il s'est dirigé vers la cuisine déserte à cette heure et il n'a même pas refermé la porte. Il est debout dans la grande pièce astiquée et claire, et je surprends sa double et émouvante gourmandise d'homme encore enfant.

Une de ses mains porte à sa bouche une pêche qu'il suce avec délice, l'autre déboutonne le pantalon. Le sexe jaillit, follement tendu.

Il ferme sa main dessus, emprisonnant le gland entre ses doigts et sa paume. Sa main va et vient, doucement d'abord, puis plus vite.

Maintenant, il a fini de manger le fruit et il s'asseoit sur la chaise de paille devant la petite table de bois blanc.

Il a posé un papier devant lui. Je me dresse un peu sur la pointe des pieds pour voir, et je vois enfin. C'est la photo d'une bonne sœur en cornette, couchée sur un divan et qui relève les jambes, les mains sur la motte.

Maintenant, il commence à être réellement excité. Il frotte fort sur son sexe, fermant les yeux par moments, puis les rouvrant pour fixer le même point de la photo. Et, tout à coup, il se lève, il approche sa queue de la photo, il l'appuie sur la petite place entre les jambes écartées de la bonne sœur. Je vois la verge qui se gonfle, un jet blanc qui jaillit, mouillant la photo.

Je rentre dans la chambre, quelques secondes avant lui. Antal dort, à moins qu'il ne fasse semblant. Tous trois nous pensons aux mêmes choses...

Brusquement, la porte s'ouvre avec fracas. Père entre. Il a l'air furieux.

— D'abord, qu'est-ce que vous faites ici ?... Et puis, je veux vous dire que vous êtes deux galopins et que vous me chiperez mes maîtresses quand vous saurez l'orthographe... Compris !...

— Mais, papa, de quoi s'agit-il ? interroge Antal.

Père brandit une lettre qu'il tient dans sa main crispée.

— De ça ! hurle-t-il.

Les jumeaux se regardent, consternés.

— Vraiment, papa, nous ne savions pas que tu...

Papa sort en criant plus fort :

— Je veux bien l'être, mais tout de même pas par mes fils...

Nous lisons la lettre. Elle est adressée à Lina Deli, l'actrice de cinéma, la plus jolie et la plus frêle de nos écrans.

Poupée,

Nous ne viendrons pas ce soir. Nous avons à voir un espèce de type embêtant qui nous a invités à dîner avec toute la famille.

On te bise sur tout ton corps.

Claude et Antal.

— Qu'en penses-tu ? me demande Claude.

— Comme littérature amoureuse je crois qu'il y a mieux, mais vous n'avez pas mauvais goût dans la famille, pour les femmes. Seulement vous pourriez écrire « espèce » au féminin. A part ça, que vous êtes deux salauds de cocufier papa.

— Vraiment on ne savait pas que c'était lui, le vieux dont elle parlait...

— Tais-toi, Claude, je ne peux pas supporter qu'on traite papa de « vieux »... Pour moi, il m'a toujours semblé un type d'homme épatant... Maintenant, il va perdre sa belle confiance en lui... Être trompé par ses fils, c'est comme si on lui disait qu'il n'est plus bon à rien, que sa place est prise définitivement. Je suis sûre qu'il a de la peine.

— Que faire ? demandent les jumeaux avec un geste identiquement désolé.

— J'ai bien une idée... mais elle ne peut réussir que si vous restez tous les deux à la maison ce soir.

— Nous avons un rendez-vous déjà.

— Avec qui ?

— Avec Mado, dans un bar des Champs-Élysées.

— Bon ! Ne vous inquiétez de rien : je vais le décommander... À propos, ça marche toujours avec elle ?

— Plus que jamais !... C'est la fille la plus mignonne et la plus ravissante de Paris.

— En somme vous y tenez malgré toutes vos aventures à côté.

— Elle est si chic ! soupire Claude.

Depuis longtemps, je connais la liaison de mes frères avec la petite modiste qui me coiffe. Elle les aime bien, ils sont si gentils garçons, si gais !... mais enfin... peut-être... Une idée que je trouve splendide germe en moi... Aussi je ne décommande pas Mado.

Je vais chez papa. Il m'accueille comme à son habitude, avec sa tendresse de père habitué à être galant homme. Je le câline, lui gratte le bout du nez et rebrousse ses cheveux.

— Qu'est-ce que tu veux ? demande-t-il.

— Je voudrais sortir ce soir, dans un bar, avec toi, connaître un peu la grande vie, quoi !... Accompagne-moi, dis !...

Il se fait un peu prier, pour la forme, puis il accepte.

Nous voilà donc tous les deux dans le bar où les jumeaux devaient venir, juchés sur de hauts tabourets et buvant du champagne. Bientôt Mado pousse la porte.

— Oh ! papa ! Voici Mado qui me fait de si délicieux chapeaux... si on l'invitait ?

— Pourquoi pas ! Elle est aussi jolie que ses chapeaux.

Je glisse à l'oreille de Mado que mes frères sont retenus ce soir. Elle ne paraît pas trop dépitée. Papa semble lui plaire beaucoup. Il est là, entre nous, très gai, très jeune, avec son beau visage intéressant et ses yeux de nuit sombre. Il conte d'une façon infiniment spirituelle les dernières histoires qui ont cours en ce moment. Mado est de plus en plus ravie. Ce doit être la première fois qu'un homme, un vrai, s'occupe d'elle, car enfin, les jumeaux ne sont que des bébés à côté de papa.

Il nous entraîne dans un dancing de Montmartre. Atmosphère exotique, lourde de senteurs mélangées. Papa serre Mado contre lui.

Soudain un grand nègre apparaît, seul sur la piste. Il est vêtu d'un pantalon collant, d'une chemise de soie entrouverte sur sa poitrine d'ébène. Un grand chapeau de planteur couvre sa toison bouclée. D'une voix rauque il commence à chanter. Imperceptiblement, tout son corps musclé suit le rythme du chant. Il bombe le torse, creuse les reins et découvre des dents éclatantes dans un rire sauvage.

Puis, il se met à danser. C'est une danse très lente, qui suggère les gestes les plus impurs. Déhanchements... jambes qui s'évasent... bondissements... c'est un tourbillonnement insensé. Il n'y a plus là un homme, mais mille démons de luxure.

Les femmes se sentent émues et s'agrippent à leurs compagnons, avec des gestes las. Un cerne violet encercle leurs yeux fardés... L'amour, dans ce qu'il a de plus primitif, vient de les effleurer...

Il me fait un drôle d'effet, ce type-là ; je suis même obligée de m'isoler un moment pour que toute cette excitation ne soit pas perdue...

Quand je sors des lavabos, un chasseur me happe et me tend un papier sur lequel sont écrits ces mots : « Voulez-vous venir ici demain soir, très tôt ? »

Avec mon rouge à lèvres j'écris un « oui » sanglant.

— Vous savez d'où ça vient ? me dit le boy : du nègre !...

— Oui ! je sais !...

Je l'ai tant désiré, cet homme couleur du péché, tandis que sur la piste il cambrait ses fesses haut placées...

Nous rentrons à pied tous les trois, Mado, papa et moi. Je sens qu'il va se passer quelque chose entre papa et Mado.

Nous marchons sous les arcades de la rue de Rivoli.

Je traîne un peu en arrière, faisant semblant de regarder les étalages perdus dans l'ombre ; je contemple une boutique de jeux : les échecs, le billard de salon, avec sa petite poire sur laquelle il faut appuyer pour pousser la petite balle de caoutchouc, le mah-jong si amusant à regarder et si fastidieux à jouer.

Papa marche quelques mètres en avant avec Mado. À chaque fois qu'une arcade les dissimule pour quelques minutes, je sais qu'il se passe quelque chose. Je presse un peu le pas, je marche sur la pointe des pieds et je les surprends.

Je vois la main de papa qui serre un sein de Mado, qui fait semblant de le dévisser ou par-dessus le manteau léger qui cherche avec l'index tendu la ligne qui sépare les deux fesses, le doigt qui descend la courbe comme pour l'enfoncer par surprise dans le petit trou interdit.

Mado rit aux éclats, excitée, toute consentante. Papa est charmant, jeune, aussi jeune que ses fils. Il rit, il fait rire et de temps en temps sa voix devient grave, bouleversante.

Alors, il lui dit quelque chose à quoi elle répond, refusant vite, vite comme pour se persuader elle-même qu'elle doit refuser.

Nous sommes sortis des arcades ; maintenant c'est les Tuileries, la partie des Tuileries qui n'est pas grillagée. Ça sent bon, ça sent l'herbe, ça sent la chaleur, ça sent la nuit d'été. Il fait beau, si beau, et moi qui ai emporté mon parapluie !

— Si on coupait par là ? fait papa.

Je veux bien, Mado aussi. Nous marchons dans l'herbe comme des collégiens. A quatre heures du matin personne n'ira nous infliger une contravention.

Nous sommes libres, heureux. Nous enjambons des massifs de fleurs qui dorment repliées sur elles-mêmes. Qu'est-ce qu'il y a comme statues suggestives quand on veut bien se donner la peine de regarder ! Comme art, ça laisse bien un peu à désirer, mais il y a des formes, ça, il y en a ! On ne s'ennuie pas !

Papa s'amuse à peloter les fesses d'une belle femme en marbre qui lui sourit en lui présentant un laurier. Mado, perdant toute retenue, dépose un baiser. Un baiser qui marque en rouge la petite feuille de vigne qui cache le sexe, pas très avantageux je dois dire, d'un jeune coureur en marbre. Moi, plus modeste, moins réaliste, je me contente d'effleurer les agréables petits pectoraux de l'athlète.

Laissant cela, nous avançons de nouveau. Un massif de plus ; papa, galant, cueille deux géraniums qu'il nous offre, à Mado et à moi. Comme il est charmant, et comme il nous plaît ! Comme il plaît à Mado, surtout !

Elle s'appuie à son bras, se fait lourde et je devine que lorsqu'elle peut lui offrir un sein, elle ne s'en prive pas.

Nous nous sommes complètement enfoncés dans l'ombre des massifs. Nous voilà invisibles. Voilà une occasion pour papa ; je le vois qui cherche une phrase.

— Écoute, petite, j'ai quelque chose à dire à Mado. Reste-là une minute, on revient !...

Je comprends qu'il veut que je fasse le guet ; je reste sur place, eux s'enfoncent davantage dans la zone d'obscurité. Je sais mieux que s'ils me l'avaient dit ce qu'ils vont faire. Je le sais, je les imagine, je les approuve et une curiosité me prend tout à coup, une curiosité irrésistible.

Ce serait trop bête de rester ici, il faut que je voie

comment ça se passe. Pourquoi me priver, ça ne les gênera pas puisqu'ils n'en sauront rien.

Je marche sur la pointe des pieds, j'avance... Enfin, un murmure ; j'avance encore, cinquante centimètres par cinquante centimètres, jusqu'à ce qu'on puisse écouter les paroles.

Là ! voilà !... J'entends à travers le feuillage le bruit d'une chaise qu'on traîne sur le gravier. Ils ont dû rejoindre la petite allée. Ils s'installent. J'entends des supplications. Oh ! j'arrive au bon moment ; un peu de timidité de ma part et j'aurais raté le prélude. J'entends Mado :

— Oui, touche-moi les seins comme cela !... Oui, oui, comme cela, mon chéri !... Embrasse-moi partout !... Suce-moi les seins !... Prends la pointe dans ta bouche !... Oui !... Attends, que j'enlève mon soutien-gorge, mon chéri !... Oh ! la pointe ! Suce-moi la pointe, mon chéri !... Tourne ta langue autour !... Ta bonne langue autour !... Attends, laisse-moi, je vais me caresser pendant que tu me suces le bout !... Oh ! recule ton genou, laisse-moi me caresser... Oh ! j'ai tant besoin !... Enlève vite ton genou que je puisse mettre ma main !...

Je halète ; je l'imagine en train de se branler... Dieu ! que cela m'excite !...

— Là, oui, comme ça... suce-moi, chéri ! Suce fort ! Suce vite ! Suce l'autre sein, maintenant !... Oh ! qu'est-ce que tu me fais ?... Tu me suces sous le bras !... Oh ! tu me chatouilles !... Va plus fort !... Ça me chatouille, quand tu lèches doucement !... Non, mon chéri, ne mets pas ta main, laisse la mienne ! Non, tu me feras trop de plaisir si tu mets ta main !... Là ! Oh ! tu m'as mis ton doigt quand même, méchant !... Je te défends, ne le mets pas !... Non, je t'en prie, tu vas trop me faire jouir !... Sois gentil, ne me le mets pas, dis, chéri !... Pas cela, tu m'avais promis de ne pas le faire !... Non !... Tu m'as promis, on ne peut pas ici !... Si on venait !... Une autre fois, mon chéri !... N'appuie pas, tu sais bien que j'en ai envie !...

Et moi donc ?... J'en suis comme inondée...

— Là, je vais te faire du bien aussi avec ma main, pour que tu ne sois pas trop malheureux !... Tu sens, chéri, comme je te caresse ?... Tu vois, je te branle... là ! là !... Tu sens comme je te branle ?... Oh ! tu es dur dans ma main !... Tu bandes fort !... Non, mon chéri, laisse ma main, non, non, pas le reste !... Ne l'introduis pas, je ne veux pas !... Frotte entre mes cuisses si tu veux, mais n'entre pas... Une autre fois, pas ici, tu ne pourras pas sortir, si on vient !... La prochaine fois je te promets, tu l'enfonceras !... Là, là, tu vois c'est bien entre mes cuisses !... Tu vois que c'est bon comme cela ! Tu vois, je te serre !... Non, mon chéri, ne recommence pas... Laisse-moi finir avec ma main, tu me tortures... non, pas là, mon chéri !... Oh ! ne me touche pas là, je ne peux pas résister, quand tu touches là !... Oh ! tu pousses avec ta queue !... Que tu es méchant !... Tu vas la faire entrer !...

Ah ! ce que je m'en enfilerais bien une, une bien grosse, de mon côté !

— Le bout seulement, puisque tu le veux !... Reste sur le bord !... C'est ça, tu me branles avec ta queue ! Touche-moi le bouton avec ta queue !... Tu sens comme je mouille ?... Oh ! qu'est-ce que tu fais ?... Qu'est-ce que tu veux ?... Là, je te l'avais bien dis, sors ! sors !... Oh ! tu pousses !... Tu enfonces !... Oh ! ça glisse !... Là, cochon, tu enfonces !... Tu y es ! Là, je la sens qui entre !... Oh ! tu vas aller au fond, cochon !... Oh ! tu vas me cogner la matrice !... Ça me fait du bien !... Continue !... Continue !... Ne t'arrête pas, va vite, maintenant !... Oh ! tu vas au fond du trou !... Ah ! je jouis ! Là, tu vas jouir aussi !... Tu vas m'arroser !... Je sens que cela vient !... Tu me mettras tout bien au fond, pour que je sois bien mouillée !... Tu veux bien, mon chéri ?... Tu enfonceras bien quand tu voudras décharger !... Là, ça vient !... Oh ! tu me mouilles !... Oh ! que ça mouille bien !...

Pendant qu'ils font ça, j'ai envie de les aider, de leur rendre de menus services ; j'ai envie d'y aller, de les encourager, de mettre le doigt par exemple dans le cul de Mado. S'ils pouvaient m'appeler, s'ils me permettaient...

Je vais donc rester seule, je suis donc abandonnée... Non, non, je ne veux pas !... Je m'efforce de calquer leurs mouvements, leurs soupirs. Heureusement j'ai mon petit parapluie. Il a juste ce qu'il me faut, un petit manche droit. Il est un peu gros par exemple.

Je le porte à ma bouche, je l'inonde de salive. Était-ce vraiment utile, d'ailleurs ?... J'appuie. L'idée m'en vient tout de suite, j'ai comme cela la manie de me mettre toutes sortes d'objets là-dedans. Tout juste comme l'autruche dans son estomac. Je mouille le cylindre, dur, un peu froid ; je le réchauffe un peu.

Tout cela m'affole ; il me semble que je prépare le sexe d'un partenaire trop indolent. Il ne bouge pas et moi je le mets en état. Là, il est prêt !

Mon Dieu, ça n'entrera jamais. Je m'énerve, il faut que ça entre. Il faut absolument que ça entre. Oh ! je souffre, j'ai mal. Et les autres, là, qui continuent, qui recommencent. Attendez-moi, vous ne voyez pas que vous me rendez malheureuse ? Attendez-moi, je vous en prie. Une minute encore, rien qu'une minute, le temps que ça entre !

Je me couche sur le dos, sur l'herbe, je me renverse, je lève bien les jambes, je me cambre et je mets l'instrument sur les bords bien mouillés.

Tout d'abord rien ne cède. Oh ! c'est difficile, ça résiste. J'appuie encore et victoire ! Le bout du cylindre commence à entrer. Ça va glisser... Ça glisse... C'est un peu froid encore. Ça me fait me contracter malgré moi, mais, résolument, j'appuie...

Là, là, ils peuvent y aller, maintenant, ils peuvent soupirer ; j'ai pris la même cadence qu'eux ; à chaque fois qu'un gémissement vient jusqu'à moi, ma main fait entrer et sortir le cylindre.

C'est dur, mais bon. Maintenant que c'est bien entré, je peux récupérer ma main que je porte vers mes seins qui réclament.

Et je me parle, je fais comme si j'étais avec une queue, une vraie queue. Il me semble que le bout d'ébonite qui entre et qui sort est un homme.

Oui, oui, c'est un homme qui me prend, un homme qui m'enfile dans ce jardin, tandis que les autres se baisent à côté et je lui dis :

— Oh ! comme tu es dur dans moi ! Comme tu me défonces bien !... Oh ! là, sors un peu et rentre brusquement !... Va, va, chéri, va bien à l'intérieur !... J'aime comme cela !... Oh ! tu m'écrases les seins en même temps !... Oh ! mes fesses auxquelles tu fais mal ! Mais ne les lâche pas, continue à les tenir !... Va au fond, mon chéri !... Tu sens comme je mouille ?... Là, je te mouille partout !...

CHAPITRE VII

Je fus exacte à mon rendez-vous avec Kouka, la vedette noire du dancing montmartrois. J'eus soin de me dire malade à la maison et je m'enfermai dans ma chambre. La consigne fut donnée de me laisser dormir. Je réussis facilement à m'échapper. Je m'habillai avec soin et partis au dancing.

Je me mis à la même table que la veille. Il n'y avait là que deux ou trois clients, des entraîneuses, de belles filles cambrées, et des danseurs tous semblables avec leur habit noir et leur sourire blanc.

Bientôt Kouka arrive.

Il porte un costume marron, très ajusté, qui met en valeur son corps mince. Il est tout jeune avec un nez aplati, des paupières épaisses, un visage de bronze allongé, avec des yeux immenses doux comme du miel, un visage mobile, rieur.

— Vous êtes gentille d'être venue ; j'avais si grande envie de vous connaître.

— Moi aussi... J'aime beaucoup votre danse... Vous aviez l'air si heureux en dansant.

— Je le suis toujours. La vie est si magnifique. Et les femmes de ce pays sont si belles, si précieuses...

Une lueur s'allume dans ses yeux.

— Tout à l'heure, je danserai pour vous. Puis je vous emmènerai... dites que vous acceptez, je vous en prie.

La voix sourde répète ; j'abaisse mes cils sur mes yeux en signe d'acquiescement. Il laisse échapper un petit cri heureux, commande un whisky, me parle avec volubilité d'un tas de choses sans suite. Puis il me quitte et va se préparer pour la danse.

La salle s'est remplie sans que je m'en aperçoive. Les projecteurs lancent leurs pinceaux de lumière. Kouka apparaît, cette fois couvert de haillons et couronné de fleurs. Il danse. Il semble tenir dans ses bras un corps imaginaire et l'étreindre. Il mime de ses hanches souples toutes les figures de l'amour. Son corps noir se tend dans une imploration passionnée. Il tourbillonne, bondit, pousse des cris de joie, puis empoignant une guitare il chante en me regardant, d'une voix profonde qui résonne dans mon corps.

Enfin il me fait signe. A la sortie, nous nous rejoignons. Il m'achète des roses, appelle un taxi.

— J'habite une toute petite chambre sous les toits, voulez-vous y venir ?

— Allons !

Ses larges lèvres se tendent vers les miennes, un peu effrayantes, bestiales. Je ferme les yeux. Mais elles ne se posent pas sur ma bouche. Elles se promènent sur mon visage, happent mon souffle et mon parfum... Il prend ma main dans la sienne, une grande main sèche et chaude.

Bientôt nous arrivons. C'est une petite chambre assez misérable.

— Ne regardez pas trop, hein ! Vous savez, on ne gagne pas tellement au fond dans ce métier-là. On réussit à ramasser un cachet par ci, par là, mais ça ne dure pas, alors !...

J'ai un peu honte de mes renards, de mes diamants. A la dérobée j'enlève ma bague pour n'avoir pas l'air de le narguer.

Il y a des photos sur les murs.

— Ça, c'est au gala des artistes. Tiens, tu la reconnais, la petite bonne femme ? C'est Joséphine.

Il a un accent parisien. L'accent qu'ils ont tous dans les coulisses.

Qu'il se déshabille, mon Dieu, qu'il se déshabille ou je vais repartir !

Ce n'était que cela que j'avais vu sur la scène : ce grand magnifique corps, qui n'était qu'un corps !

Vite, qu'il se déshabille ! Il ne voit donc pas qu'il me fait mal avec sa conversation, avec ses petites réflexions, avec ses détails.

Je sais bien que c'est peut-être cela sa vie et que je ne suis qu'une petite-bourgeoise, riche, qui se fiche pas mal de la vie d'un petit danseur et qui n'aime que les spectacles esthétiques. Je sais, je sais, mais tant pis : je suis venue pour être ravie, pour être extasiée, pour jouir... Vite !...

J'aurais voulu qu'il ne soit vêtu que d'un unique vêtement avec une fermeture Éclair et que je tire sur cette fermeture, que les vêtements tombent et qu'il ne soit plus que nu et muet...

Il a dû comprendre. Il m'attire dans ses bras ; sa bouche me mord les lèvres tout à coup ; je sens les petites dents pointues et sa langue va chercher la mienne. Il lâche ma bouche, c'est un sein qu'il suce maintenant à travers le lamé de la robe. La pointe toute tendue.

Il me repousse... Et alors, c'est le miracle...

En un instant, avec une sorte de frénésie il a arraché ses vêtements. C'est presque aussi rapide que la fermeture Éclair. Avec une virtuosité que je n'ai jamais vu ailleurs, il laisse tomber son pantalon autour de ses jambes ; il ne soulève pas une jambe, puis une autre, comme les autres hommes ; il est debout et son pantalon tombe. Il a l'air de jaillir comme un arbre. Et je vois pour la première fois, réellement en détail et dans sa totalité, un corps d'homme.

Les autres, j'avais vu leurs queues, leurs petits accessoires, mais le reste, gênés par on ne sait trop quelle pudeur occidentale, ils ne le montraient pas volontiers. Mais lui, ça ne le gêne pas : il en est fier et ça se voit.

Je regarde la grande poitrine bombée et lisse, bien tendue sur les muscles longs de danseur, bien couverte, bien capitonnée par la peau brune. Il a l'air d'avoir été fraîchement repeint, verni. Je vois les bras longs avec la quantité nécessaire de biceps et la taille comme serrée dans une ceinture et les jambes en colonne sur lesquelles il tapote pour faire voir que c'est bien plein.

Il sait que ça me plaît et il en joue, le cabotin. Il me tourne le dos, se baisse lentement et je vois son derrière mince, tendu et dur, très soutenu par les muscles et le petit orifice intéressant et les petits poils avec leur ombre, et les boules qui pendent et plus haut, la ligne du dos et le triangle des épaules et la nuque mince.

Oh ! je me sens devenir vorace et cannibale !...

Mais pourquoi me cache-t-il son sexe ? Car il s'obstine, depuis que son pantalon est baissé, à le cacher avec un petit foulard de soie rouge qu'il a tendu devant, et derrière lequel il danse.

Pourquoi ? Je vais le savoir. Ce n'est sûrement pas la honte, il n'a pas l'air d'avoir honte. Et tout à coup, il le découvre.

Oh ! il n'était pas comme cela tout à l'heure ! C'est devenu tellement énorme que c'en est effrayant. Mais jamais je ne pourrai supporter tout cela ! Mon Dieu, ce n'est pas possible d'introduire tout cela !...

Il prend ma main :

— Tu veux toucher ?

Je touche ; c'est aussi dur que c'est gros ; mes doigts ne

se referment pas dessus ; je frissonne ; je suis toute bouleversée de tenir cette énorme queue ; j'ai peur et j'ai envie. Lui :

— C'est gros, hein !... Touche-la en attendant que je te déshabille !

Je branle, timidement d'abord, tellement je suis peu habituée à un sexe aussi monstrueux ; je m'affole à mesure que ses mains, qui tirent sur ma culotte, insistent.

Il l'enlève enfin avec des difficultés ; l'étoffe glisse, s'arrête en chemin, résiste, puis de nouveau cède ; je sens ses mains qui s'impatientent.

Il me jette brusquement sur le lit. Il me relève les jambes, il se met à me sucer.

Je ne puis m'empêcher de l'approuver par mes cris.

— Oh ! mon chéri, comme tu me suces !... Comme tu me manges !... Là, là, où je mets mon doigt, suce-moi le bouton !... Oui, oui, suce, suce, jusqu'à ce que je mouille !... Oh ! tu me mords !... Oh ! tu me manges les petites lèvres !...

Sa bouche quitte mon con, il la remplace immédiatement par sa main pour que je ne perde pas mon plaisir.

Maintenant il est debout ; sa main qui n'est pas occupée à aller et venir sur mon clitoris relève mes jambes ; je sens que le redoutable organe va faire son office. Oh ! mon Dieu, j'ai peur et j'en ai envie.

Je le supplie :

— Attends encore un peu, mon chéri !... Suce-moi encore un peu pour que je sois plus mouillée, ça entrera mieux, tu es tellement gros !

Il se baisse, donne de nouveau quelques rapides coups de langue. Il me fait cambrer la croupe et me lèche aussi l'autre trou. Je sens cette pointe chaude qui me perfore, qui va et vient dedans. Pour le coup je n'y résiste plus : je mouille... je mouille...

Alors, il se remet en position et je sens l'énorme queue

chercher l'orifice. Il écarte des deux mains mes lèvres, se plante bien droit ; je m'ouvre le plus possible.

— Tu vois mon chéri, ta queue est sur le bord, mais tu ne pourras jamais la faire entrer, tu es trop gros !... Veux-tu que je remue le cul ?... Je te branlerai le gland avec mes lèvres !... Oh ! non, ne pousse pas, tu vas me déchirer !... Tu vas me défoncer !... Oh ! là, non, n'enfonce pas, pas plus loin que le gland !... Là ! comme ça tu vas pouvoir jouir quand même !... Oh ! reste comme cela, c'est bon pour moi aussi comme cela !... Non, ne pousse pas, je t'en supplie !... Non, rien que le bout, chéri !... Je ne pourrai pas davantage !... Oh ! tu pousses, tu me déchires !... Non, n'enfonce pas plus !... Là, tu en as mis assez !... Oh ! tu pousses !... Oh ! ça glisse !... Oh ! comme je suis ouverte !... Oh ! tu m'empales !... Oh ! salaud !... Non, non, ne mets pas tout !... Oh ! tu enfonces !... Tu me dilates !... Ça y est !... Ça va entrer !... Oh ! tu y arrives !... Ça glisse !... Ça entre !... Oh ! tu vas au fond, salaud !... C'est bon !...

L'énorme bélier va et vient dans moi, se retire, puis de nouveau se met à l'assaut. Il est féroce, il est sauvage. J'arrête des deux mains son ventre.

— Là, mon chéri, ne va pas plus loin... Oh ! ne va pas si vite... Tu vas me faire jouir trop vite comme cela... Là, là, calme-toi !... Oh ! c'est bon !... Ça monte !... là, là, ça y est !...

Une halte.

— Tu aimes cela ?

— Oh ! oui !

— Tu vois que j'ai pu entrer. Tu vois, il suffit de bien pousser. Tu étais bien excitée, petite sale !

Nous parlons crûment, sans pudeur. Il ne me parle pas de son âme, il ne me parle pas de ses ancêtres. Il ne me dit pas qu'il est le petit-fils d'un roi.

Il est gentil et charmant comme certaines brutes au repos. Il ne sent presque pas le nègre, ce serait plutôt une odeur de bois, l'odeur d'un piano ou d'une commode.

Il ne me parle pas de son âme ; mais peut-être que c'est cela son âme, cette jeune tige qui se redresse, qui me cherche de nouveau.

— Non, non, chéri, attends un peu, tu viens de le faire !

Il rit, se lève et passe derrière le paravent qui sert de cabinet de toilette.

— Attends, je reviens tout de suite !

Il farfouille là-bas derrière son paravent, cherchant quelque chose. J'ai un peu peur ; que cherche-t-il ?... Et tout à coup il revient avec... Oh ! mon Dieu ! un tube... un tube de vaseline. Pour quoi faire ? puisque c'est entré comme cela.

Je suis couchée sur le dos. Il me retourne brusquement.

— Mets-toi à genoux !

Je m'exécute, n'osant résister.

— Là, comme cela. Avance un peu les fesses, ne te retire pas... Cambre-toi !... N'aie pas peur, puisque je vais te mettre de la vaseline...

Oh ! le mot, l'affreux mot qui me fait honte ! J'ai honte et en même temps, c'est bizarre, j'aime cela, ça me fait presque mouiller.

Il frotte avec la verge dans la rainure toute vaselinée ; il frotte le gland dans la fente, allant et venant, atteignant et dépassant le petit trou qu'il cherche. Il approche... Oh ! mon Dieu !... Il appuie... là, il pousse !...

Le bout est engagé ; il ressort mal assujetti et rejeté par la contraction de mon anus qui ne veut pas, qui ne veut pas encore. Il ressort, puis de nouveau entre.

Il y en a maintenant quelques bons centimètres. Il s'arrête une minute, le temps que mon ouverture s'élargisse. Je sens que ça cède, que ça ne résiste plus. Alors, d'un coup, l'énorme cylindre plonge au fond.

Je suis bien agenouillée, je tends la croupe pour l'aider, je me fais bien cambrée, je sens maintenant que j'en ai besoin, que j'en ai besoin au fond du trou. Oh !... oh ! qu'il continue... qu'il continue... ça commence à monter !...

Sa main en même temps s'est placée devant, guidée par ma main, sur mon clitoris. De temps en temps je la déplace pour me branler moi-même et je lui fais mettre sa large main sur mon ventre. Ça me soutient les organes un peu bousculés par ce boutoir qui donne des coups profonds ; ça me fait doux. Son excitation monte, il a saisi un de mes seins dont il roule la pointe.

Qu'est-ce qu'il me demande ? Je n'ose comprendre. Il me demande une chose horrible, une chose horrible et troublante. Je n'ose comprendre tant c'est sale. Il me supplie avec des mots qui me font honte et chaud. Il voudrait que je m'épanche sur sa main, pendant que lui, par-derrière...

— Essaie, je t'en prie, essaie !...

— Je ne peux pas.

— Si, si, tu peux, essaie !...

J'essaie de faire ce qu'il veut. Il sent l'effort que je fais pour le satisfaire et sa joie décuple.

Il va et vient furieusement dans moi ; il veut se retirer, il se retire, je ne sais trop pourquoi, mais je le renfonce de force. Un jet chaud et lourd jaillit au fond de moi.

Tirée de mes rêves par le gros réveil à dix-neuf francs, je quitte Kouka au petit jour. Est-ce qu'il dort ? Je m'habille sans faire de bruit, mais assez lentement pour que la chance ait le temps de décider.

S'il se réveille, c'est la destinée qui l'aura voulu. Par la même occasion, si la destinée veut aussi qu'il me donne un dernier gage d'affection, ce n'est pas moi qui l'aurai cherché.

Un de mes souliers m'échappe et tombe.

Kouka ouvre un œil, le bon ! D'un geste il chasse son sommeil et se lève. Il est là debout, tout nu sur le misérable tapis pelé de la petite chambre. Il est là tout nu et il me pousse contre la porte que je voulais ouvrir.

— Non, non, Kouka, il faut que je rentre maintenant, j'ai une famille, moi ! Soyez raisonnable, laissez-moi partir !... Laissez-moi !...

J'essaie d'entrouvrir la porte, mais il menace tout à coup.

— Ne te sauve pas, il y a six étages : avant que tu sois descendue en bas, je te la mets dans l'escalier et tout le monde verra que tu as débauché le nègre ; tu comprends ! Allons, donne !...

Il me cherche sous ma robe, il me trousse...

— Donne au fond, chérie, pour que tu te rappelles bien de moi, pour que tu te rappelles du nègre ! Là, comme ça, bonne chérie ! Donne, que je tienne ta jambe en l'air.

Je suis appuyée contre la porte, debout sur une jambe, l'autre, c'est lui qui la soulève, pendant qu'il m'offre un dernier hommage.

Dans le taxi, encore toute mouillée à l'intérieur par sa dernière marque d'estime, je traverse l'énorme Paris endormi. L'énorme Paris plein de gens qui vont se réveiller sans avoir rien eu. Mais moi, je suis heureuse...

CHAPITRE VIII

KOUKA m'était devenu une drogue indispensable. Loin de lui, j'oubliais sa présence mais, dès que tombait la nuit, un souvenir précis me tenaillait : celui de son sexe monstrueux qui entrait si bien en moi... Je rejoignais le dancing et mon amant à peau sombre.

Toujours à la même table, sans rien voir, j'attendais, devant une coupe de punch glacé, qu'il vînt me rejoindre.

Ce soir-là, je suis très en beauté. Les glaces me renvoient mon profil régulier et j'aperçois ma nuque où retombent, en masse, des cheveux auburn ensanglantés sous les lumières. Une robe de satin vert, à peine décolletée, marque mon buste. On me regarde ; j'en suis presque heureuse ; un sourire joue sur mes lèvres...

Tout à coup mon sourire disparaît et mon cœur se contracte. Mes yeux viennent de rencontrer un jeune homme, à la table voisine, et je sens que mon regard ne m'appartient plus.

Il est encore plus étrange que beau. Son visage triangulaire le fait ressembler à un félin. Ses yeux, très allongés, laissent filtrer un regard bleu, tendre et cruel. Il a des cheveux invraisemblablement blonds, couleur de miel, et des dents éblouissantes, une carnation plus exquise que celle d'aucune femme présente ; une carrure impressionnante sous l'habit noir, et des mains longues et sensibles complètent l'ensemble. Il a l'air d'un jeune dieu nordique, un être de la mer...

Il ne fait nullement attention à moi. Il parle avec un homme d'une quarantaine d'années, très élégant. Lorsque celui-ci se lève, j'entends les paroles qu'ils échangent. L'homme âgé serre la main tendue :

— Alors, Vassili, nous nous verrons à Londres, vendredi prochain.

— Entendu ! Vous connaissez le *Royal*, à Piccadilly Circus ?

— Naturellement, qui ne le connaît ?

— Alors, à vendredi, même heure !

Kouka vient me chercher juste à ce moment. Je le suis, et nul autre soir il ne devait connaître une maîtresse plus ardente, plus complètement abandonnée. Nul autre soir, il n'eut, si aiguë, l'impression que je lui appartenais...

Cette nuit-là, je rêvai. Oh ! un rêve très simple, mais dont la netteté me surprit.

La porte de ma chambre s'ouvrait. Vassili, le jeune dieu blond, entrait ; je me levais dans mon lit et poussais un cri. Un rire moqueur fusait sur ses lèvres :

— Ce n'est pas la première fois que vous voyez un garçon ?

— Non, tout de même !

— Alors, pourquoi criez-vous ?

Il se déshabilla, se coucha dans mon lit, me prit dans ses bras. Ce fut tout. Une ivresse insensée me baigna.

Le lendemain, en m'éveillant, je décidai de partir pour Londres, de revoir Vassili à tout prix, et de m'en faire aimer ; j'avais de lui un désir violent, irrésistible, qui ne pouvait connaître aucun obstacle. Il me fallait le voir, le sentir près de moi, m'enivrer de sa beauté... J'étais amoureuse pour la première fois.

Je ne revis plus Kouka ; je lui envoyai seulement un phono dont il avait envie. Comme il ne connaissait pas mon nom véritable, ni mon adresse, je ne sais comment s'exprima sa douleur, et même s'il en eut. Pour moi, cela m'était parfaitement égal : les amants sont comme les robes, ils ne peuvent pas toujours servir.

Mes parents consentirent à me laisser partir en Angleterre, à condition que mes frères m'accompagnassent à Londres et m'installassent dans une correcte pension de famille.

Je n'eus aucun remords de mentir et de feindre un intérêt subit pour la littérature anglaise. À partir de la nuit où j'avais vu, pour la première fois, le sourire énigmatique de Vassili, tout mon passé était aboli et avec lui ma conscience du bien et du mal.

L'amour que j'avais pour lui me dévasta entièrement, avant même de se réaliser ; ma vie et mes forces se suspendirent à lui que je savais revoir.

Antal et Claude m'accompagnèrent donc vers mon nouveau destin. Ils passèrent deux jours à dévaster les cœurs anglais des petites misses effrontées et chastes. Puis ils repartirent, portant à mes parents l'assurance que j'étais parfaitement installée et prête à apprendre la langue de Shakespeare dans ses moindres délicatesses.

Piccadilly Circus, le *Royal*. J'entre seule, à l'heure fixée pour le rendez-vous que j'ai surpris. Des boys s'empressent dans le vaste hall où l'on trouve des journaux du monde entier et les plus belles fleurs de Londres.

Beaucoup de monde. Les habits stricts et les robes décolletées côtoient, à la même table, les vêtements sport et le débraillé bohème. Dans le décor 1900, au milieu des ors, des glaces à l'encadrement désuet et des moulures profondes, c'est un va-et-vient continu.

Je ne trouve pas Vassili dans la salle ; mais au premier étage où des invertis, des vieilles actrices et des intoxiqués forment la plus grande partie du public, je l'aperçois soudain.

Je ne vois que lui ; sa blondeur illumine la pièce. Il est vêtu de gris perle, avec une chemise de la même teinte, une cravate verte ; par une coïncidence qui me ravit, j'ai ce jour-là un costume semblable au sien.

Je m'assieds à la table voisine. Plusieurs personnes s'arrêtent devant lui et bientôt l'homme élégant, avec lequel je l'ai rencontré, arrive. Je ne fais rien pour attirer l'attention de Vassili ; sa présence me suffit.

Je vois sa nuque dorée, sa joue tentante ; son sourire ne s'ouvre qu'à demi, comme celui d'un enfant qui veut jouer à la grande personne ; je ne perds aucun de ses gestes et me plonge dans une contemplation éperdue. Un désir fou me prend de l'étreindre, de me coller à lui, de chercher sa bouche. La soirée se passe ainsi.

Je reste à ma table, tout le temps qu'il reste à la sienne ; je suis machinalement les conversations échangées, les voix qui s'élèvent plus fortes, les rires stridents... jusqu'au moment où il se lève pour partir.

Pourquoi ne puis-je l'aborder et lui dire n'importe quoi ?... Je n'en ai pas le courage... Droite comme une somnambule, je le suis. Une idée s'incruste dans ma tête : il ne faut pas que je le perde.

Il met en marche sa voiture, une M.G. sport, de couleur beige, brillante de tous ses aciers. J'appelle un taxi et nous le suivons ; j'ai l'air d'une héroïne de film, malheureusement mon taxi, un vieux tacot invraisemblable, tel qu'on en garde encore à Londres, le perdra au moindre tournant.

— *Hurry up*, vite, vite !

La voiture poursuivie marche très lentement, comme si Vassili voulait profiter du soir, de la nuit bleue et froide, si pure ; j'entrevois, sous les lumières, la tête blonde et les cheveux pleins de vent.

Il s'arrête devant un garage ; je règle mon chauffeur, il repart d'un pas souple, élastique ; je le suis ; il ne me voit pas.

Au bord de la Tamise qui roule ses eaux glauques, il arrive enfin devant une maison basse, met une clef dans la serrure et disparaît. Deux grandes baies s'allument, une ombre passe, puis les rideaux fermés me cachent toute autre chose... Je reste là, un long moment... L'insistance que met un policeman à me dévisager m'effraie tout à coup.

Il faut partir ; pourtant j'aurais voulu rester encore un peu, juste le temps de sécher un peu en bas. Il est quatre heures du matin, je rentre, je m'endors presque heureuse ; il me semble que la force de mon amour a tissé un lien invisible entre Vassili et moi.

Naturellement, le lendemain soir me retrouve au *Royal* ; mais cette fois, je me suis voulue belle.

Je porte une robe Empire qui laisse voir chastement la moitié de mes seins ; elle est retenue à la taille par une tresse lamée et alourdie en bas d'une même torsade.

J'ai tous mes bijoux, des émeraudes que ma mère a consenti à me donner avant mon mariage parce que, m'a-t-elle dit, mes yeux verts les méritent. Mes cheveux sont relevés sur le front et retenus par un diadème très fin.

Je suis maquillée pour la première fois de ma vie ; j'ai l'air d'une jeune mariée et une flamme ardente brille dans mes yeux.

Nonchalamment je me promène ; la foule est moins dense. A mon arrivée, maints regards se fixent sur moi.

— Qui est-ce ? dit une vieille lady, en m'examinant avec son monocle.

— Je ne sais pas, mais c'est un beau morceau ! répond une voix vulgaire d'homme.

Mon cœur bat la chamade. Vassili est là. Je me mets non loin de lui et commande un cocktail.

Alors, ce que j'attendais se produit.

Il me regarde. Et, sous son regard, je sens quelque chose qui fond en moi. Hélas ! il ne m'adresse pas la parole. Je pense que la situation est inextricable.

A ce moment, un cri m'échappe :

— Stasia !...

C'est la blonde princesse qui vient d'entrer au bras d'un garçon calamistré et net. Je l'embrasse joyeusement.

— Oh ! Stasia, j'ai besoin de toi, c'est terrible, je ne sais plus que devenir.

— Qu'y a-t-il, petite fille ? D'abord laisse-moi te dire que tu es ravissante et, ensuite, que si tu as besoin d'argent, tu tombes mal : j'ai joué ce soir et perdu.

— Non, Stasia, je n'ai pas besoin d'argent, mais d'un conseil.

— Bon, je suis à toi ! Je vais expédier Ronnie quelque part, C'est mon amant pour cette nuit !

— Toujours fidèle à tes principes !

— Toujours, je tiens à être heureuse !

— Moi, ça m'est bien égal d'être heureuse ou de ne pas l'être ; mais j'aime un homme et je le désire.

— Et il ne t'aime pas ?

— Il ne sait même pas que j'existe !

— Dis-le-lui ! Grand Dieu ! On ne peut que s'apercevoir de l'existence d'une femme comme toi !

— Mais comment le lui dire ? Je suis folle de lui et je le veux, je le désire, il me le faut ! Je ne sais pas si tu comprends ; c'est tellement insensé qu'une femme désire comme cela.

— Mais non, mais non, ce n'est pas extraordinaire ! On a voulu nous faire croire que c'était les hommes qui nous désiraient et que nous répondions à leur appel. Mais ce n'est pas cela du tout : on peut aussi parler la première et l'homme répondre.

— Oh ! je veux qu'il me réponde vite !

— Bon ! D'abord, où est-il ?

— Ici, à ma gauche.

Stasia éclate de rire. Enfin quand elle peut parler, elle me dit :

— Ce grand garçon blond : c'est Vassili Valesky, un de mes compatriotes. Il est loin d'être inaccessible : c'est une des pires « grues » internationales ! Il est beau, et il a un vif succès, tant auprès des hommes qu'auprès des femmes, jeunes ou vieilles. Ce n'est pas ton genre, Florence : laisse tomber !

Je serre les dents :

— Tout m'est égal ; ce serait bien la pire crapule, qu'il me le faudrait encore !

— C'est moche, l'amour, soupire Stasia. Quand veux-tu l'avoir ?

— Le plus vite possible !

— Bon ! Je vais acheter un camélia et le lui envoyer pour toi, avec une lettre. Écris :

Voulez-vous m'inviter, chez vous, à prendre une tasse de thé, demain à cinq heures ?... Si vous acceptez, portez cette fleur.

Maintenant, donne-moi deux cents francs.

— Mais, pour quoi faire ?

— Pour les joindre à la lettre.

— Stasia !... Ce n'est pas possible que si beau, il fasse ça ?

— C'est justement parce qu'il est beau, qu'il est gigolo... et assez coûteux !... Maintenant, si tu ne veux pas... oublie tout ça !... Il est temps encore !...

— Je ne pourrais pas. Tiens, voici l'argent !

— Maintenant, j'envoie la lettre, sans dire d'où elle vient : c'est beaucoup plus drôle.

— Et s'il n'acceptait pas ?

— Nous trouverions un autre moyen.

Stasia disparaît un moment, puis elle revient souriante.

— Voilà qui est fait ; maintenant regarde sans avoir l'air.

Dans la glace en face de nous, je vois un groom apporter la lettre et le camélia. Vassili la lit, d'un doigt léger, range les billets. Un moment la grosse fleur blanche se balance entre ses doigts ; mon cœur et ma vie s'y balancent aussi. Puis, d'un mouvement nonchalant, il prend le camélia et le met à sa boutonnière.

Il n'a pas un regard sur la salle ; il ne sait pas laquelle des femmes présente vient de l'acheter... peut-être souffre-t-il ?...

Je pose la question à Stasia.

— Tu es idiote ! Non, il est très content ; c'est son métier.

— Alors, tu es sûre que demain...

— Naturellement, petite sotte !...

Pour dire cela, elle se penche... Comme son regard brille !... Elle a quelque chose ce soir, Stasia, elle est bien frôleuse, bien toucheuse.

— Descends avec moi !

Je la suis dans une espèce de petit escalier en colimaçon, mystérieux au possible ; je glisse ; elle me retient plus qu'il n'est nécessaire, par les seins, par le tour de taille, etc.

Elle m'entraîne aux toilettes :

— Viens, je vais te faire voir quelque chose.

La dame des lavabos nous adresse un sourire bizarre, avec l'air d'avoir l'habitude. L'habitude de quoi ?

Toutes ces histoires m'étonnent un peu ; je commence à trouver que Stasia a choisi un drôle d'endroit pour me faire des confidences ; j'ai envie de remonter et en même temps envie de rester.

Brusquement, elle pousse la porte du petit endroit intime.

— Viens, ne fais pas d'histoires : j'ai envie de toi, ne me fais pas attendre !

Elle ferme le loquet :

— J'ai envie de toi ici, tu comprends ! Cela m'excite, que ça soit ici !

Je suis effarée, ahurie. Mon Dieu, tout le monde va savoir que nous sommes entrées ensemble ! Au-dehors, une femme sifflotte en se remaquillant.

Nous sommes debout dans l'étroite cabine tout en acajou (c'est beau les cabinets anglais !).

Elle se serre contre moi. Oh ! Elle a l'air de savoir ce qu'elle veut ; elle est adroite. Ses mains passent et repassent, tournent sur mes fesses, sous ma robe.

Cela ne lui suffit pas ; elle m'arrache ma culotte qui glisse et s'arrête à mi-chemin au-dessus du genou ; elle se baisse, me mordille tout à coup sous ma jupe ; je résiste, mais c'est doux.

— Ne fais pas la bête ! Écarte-toi !... Ouvre-toi donc !... Ouvre-toi !... Asseois-toi là-dessus, cela sera plus commode !...

Là-dessus, c'est l'endroit honteux du...

J'obéis ; ma petite croupe nue pend dans le vide ; cela me fait une drôle d'impression, pas désagréable après tout.

— C'est si amusant de s'isoler comme ça toutes les deux et de se caresser là, bien cachées ! Pendant que les autres, les idiots, n'en savent rien ! Pendant qu'ils perdent leur temps ! Et puis, c'est ici qu'elles se déculottent, toutes les jolies petites comme toi, tu comprends ! Tu as réfléchi au nombre de femmes qui baissent leurs culottes ici ? Cela en fait des paires de fesses, ça en fait des croupes rondes, des petites croupes roses et blanches, avec leurs entrées de devant et de derrière. Les petits culs tout nus, juste eux tout nus, tandis que le reste, là-haut, est habillé et imperturbable et sérieux et digne, les petits culs honteux qui font vite, vite ce qu'ils ont à faire en s'accroupissant !...

Sa voix change.

— Fais-moi voir !... Montre un peu !... C'est exprès que tu la caches, vilaine que tu es !... Tu en as une gentille chose sous ta culotte !...

Sa main remonte le long de mon bas, tourne doucement autour de la « gentille chose ». Elle va toucher, elle vient, elle s'en va. Elle est loin, elle approche, elle m'agace, elle promet de toucher et elle ne touche pas.

Quelque chose commence en moi à réclamer... Qu'elle se décide, puisqu'elle a commencé !... J'attends, j'attends et je ne tiens plus debout d'énervement.

Enfin, de cette masse tiède et lourde, de cette main comme du velours qui me frotte, quelque chose se détache pointu et dur. C'est son doigt qui écarte mes lèvres, son doigt qui fait comme un homme, qui... bande en moi, qui entre, qui glisse lentement dedans...

— Touche !... Touche-moi donc, sotte que tu es !...

Je touche les deux beaux globes de ses fesses, la belle paire de fesses qui remplit bien la main ; je touche en haut les deux petites fraises de ses seins. Comme elle est dure partout : dure et douce !

Elle se penche.

— Prends-les dans ta bouche, tourne avec ta langue, tourne autour !...

Et de nouveau, elle se jette sur moi ; elle va vite, elle

mord ; elle me frotte des lèvres doucement et fort ; elle me calme et elle m'excite.

J'ai un peu honte d'être mouillée dans sa bouche ; j'ai honte d'une honte qui est bonne.

Je veux me lever ; mais elle me force.

— Reste assise, reste assise sur le siège !

Le mot « siège » me rend folle de honte et de plaisir. Et brusquement, pendant qu'elle me suce, sa main fait le tour et son doigt s'enfonce d'un coup derrière.

— Comme tu es chaude par là !

Je pousse un cri ; elle se relève un peu.

— Tout de même, ne crie pas trop fort, nous ne sommes pas seules !

Elle tend l'oreille.

— Écoute ce qu'elle fait, l'autre, dans le cabinet à côté. Tu entends, on dirait une belle petite source. C'est la Russe, tu sais, celle qui était à côté de nous tout à l'heure au bar, je l'ai vue entrer. C'est amusant, hein, d'être renseignée comme cela et c'est gentil de tout savoir sur les gens ! Elle doit avoir des grosses fesses, tu sais ! Des grosses bonnes fesses ! Elle doit être serrée dans sa ceinture !

Je regarde Stasia, étonnée, un peu choquée ; je suis naïve, je ne suis pas aussi avancée qu'elle, moi !

Elle comprend et se baisse de nouveau, me caresse pour me faire passer ma honte.

Brusquement, elle s'arrête.

— Écoute, je vais te faire quelque chose !

Elle ramasse son sac par terre, en tire un petit objet que je reconnais vite.

— Ne t'effraie pas, tu n'en as peut-être jamais vu, enfant que tu es !

Elle sourit avec infiniment d'indulgence, comme attendrie par mon ignorance, mais j'ai compris. Je n'en ai jamais vu, mais je devine.

C'est un petit phallus, un petit sexe charmant, attendrissant de garçon de quatorze ans, l'air jeune et mièvre, pas trop nubile.

Elle respire un peu vite. On voit qu'elle a... qu'elle s'est satisfaite.

— Tu vas voir ! Reste sur le siège (de nouveau ce mot qui me donne chaud), c'est bon avec cela.

« Laisse-moi m'asseoir sur toi, ouvre-toi bien !

Elle s'assied sur moi, me prend la main, la pose entre ses jambes. Elle, par-dessous, me touche avec le petit sexe. Ça ne s'enfonce pas beaucoup, ce n'est pas gros, mais tout de même ça aide.

C'est incommode et bon. Si bon que moi, qui ai entre les doigts cette petite masse de chair et de peau tendre et mouillée, j'ai envie de serrer, de pincer ; je ne résiste pas. Mais j'ai dû y aller un peu fort.

— Desserre ta main, maintenant, tu me fais mal.

Elle râle doucement, je mords son épaule.

Maintenant elle veut... elle veut que je... enfin elle se comprend et ça la met tout à l'envers de se comprendre.

— Fais comme tu fais quand tu es seule. Fais-le, je t'en prie, cela me fera jouir de te voir le faire.

Ma pudeur revient au galop.

C'est drôle ; j'étais déjà bien avancée avec les hommes, mais avec elle, il me semble que je reviens en arrière, que je suis presque vierge. Et cela ne me semble pas du tout désagréable de redevenir vierge pour un instant.

C'est comme cela que c'est le mieux, la pudeur, de temps en temps un quart d'heure, juste pour jouir davantage.

Et de nouveau elle se jette sur moi. Elle va vite, elle mord, elle en prend tantôt beaucoup, tantôt peu entre ses dents, entre ses lèvres.

Elle est pleine de traîtrise et d'imprévu. Elle m'abandonne

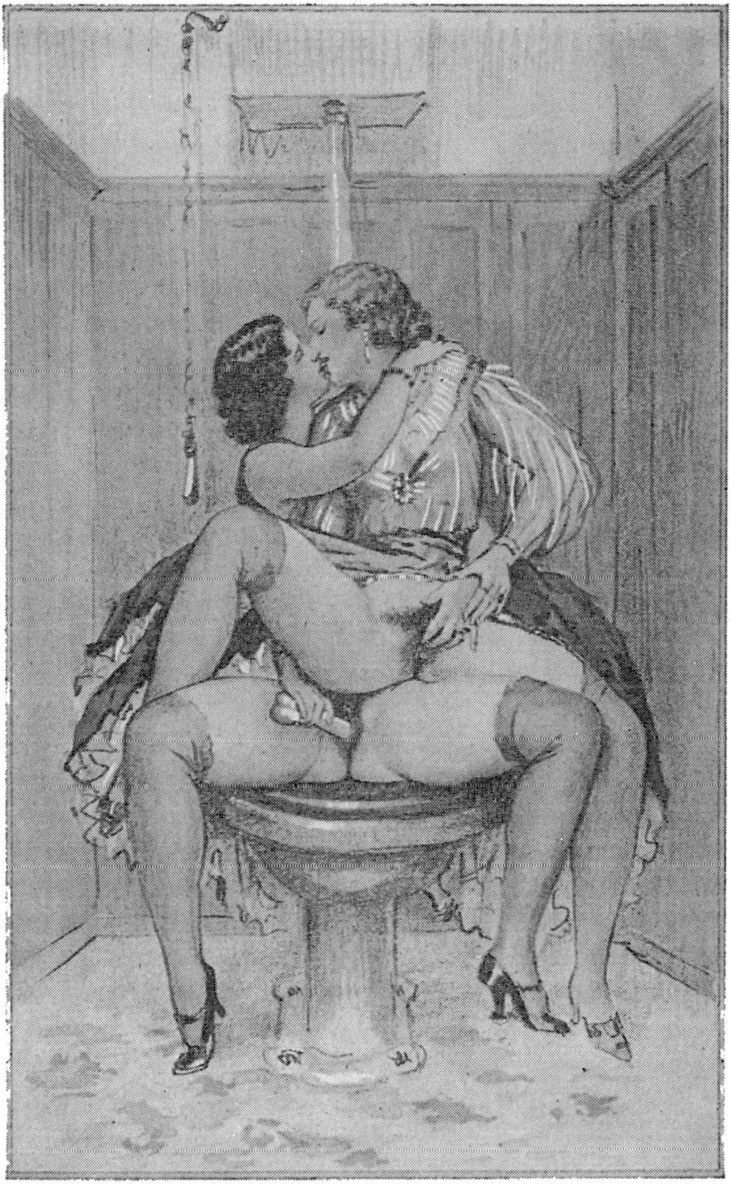

et elle me reprend, elle me calme et elle m'excite. Je lui serre la tête entre les cuisses.

— Va !... va, comme cela !... Continue !... Lèche !... Enfonce ta langue !... Là ! là ! Comme cela, plus loin !... Suce-moi plus vite, ne t'arrête pas !... Ah ! je jouis !...

C'est fini ; elle se lève.

— On pourrait tirer l'eau, hein ? Qu'est-ce que tu en penses, cela ferait plus naturel ?

Bizarre femme ! Mais comme elle m'est supérieure ; comme je l'envie ! Elle n'est pas gênée, elle, par ces petits détails terre à terre. Le bruit de la chasse d'eau emplit la cabine.

Par une dernière gaminerie, peut-être pour me faire penser à autre chose, elle relève ses jupes et montre les lèvres bien écartées de son bon endroit.

Nous sortons. Stasia, réaliste, glisse un shilling à la dame des lavabos. La femme de tout à l'heure s'épile maintenant les cils avec une petite pince menue et compliquée.

— Il est très tard : tu ferais mieux de rentrer avec moi, me dit la princesse, quand nous sommes revenues dans la salle à moitié vide ; Ronnie doit m'attendre à la maison. Si jamais il te plaît, je t'en ferai cadeau !...

— Y penses-tu Stasia, je suis amoureuse !...

— Tu es folle !...

CHAPITRE IX

L'APPARTEMENT de Stasia est très luxueux et cochon. C'est un appartement où l'on ne pousse pas de portes, où l'on soulève des tentures. Elle me le fait visiter. Tout à coup, un gémissement de femme se fait entendre. Une plainte très douce, étrange, à cette heure-ci.

— Non, non, imprudente, n'avance pas, me chuchote Stasia : on est en train de baiser par là !

Elle approche deux chaises, me fait signe de grimper ; en haut, il y a une lucarne.

— Sois sage ; pas de scandale ; ne pousse pas de cris !

Je vois un couple qui s'agite. Ils n'ont pas éteint l'électricité, les imprudents ! Un homme besogne ; mais je le reconnais : c'est Ronnie, le jeune garçon calamistré que la princesse se réservait pour la nuit.

— Je lui avais dit de m'attendre, m'explique Stasia. Tu vois, il profite de son temps avec ma femme de chambre.

S'il en profite ! C'est en levrette qu'ils font ça ! Lui a l'air d'un connaisseur !

Stasia soupire en regardant le jeune homme :

— Dire qu'il n'y a pas si longtemps il poussait son cerceau. Maintenant, qu'est-ce qu'il pousse !...

Il est en bras de chemise, son pantalon baissé ; il est penché sur une femme agenouillée dont on ne voit que la partie postérieure.

La robe noire, très étroite, est relevée jusqu'à la taille ; on ne voit que les hanches superbes, les deux jambes pliées qui doivent être longues, les deux mollets bien ronds qui font envie. Elle est agenouillée sur des coussins pour que la partie intéressante soit plus haute.

Un postérieur superbe, rond, plutôt gros, follement tendu, encore grossi parce que je le vois au premier plan, avec un petit trou du cul entouré d'un buisson léger et blond.

De temps en temps, l'homme donne sur ces fesses une claque qui tombe avec un bruit sourd, une claque à laquelle répond un gémissement de la femme. On sent que les chairs sont pleines et fermes.

Il est debout derrière elle, il pousse son beau membre dedans, il va vite, puis il s'arrête. Il reste comme immobile, il a l'air de vouloir faire sortir son membre et, brusquement, il le renfonce de toutes ses forces. La femme pleure de plaisir.

— Oh ! comme tu pousses fort !... Comme tu me défonces !... Oh ! tu m'enfonces dans la matrice !... Oh !... Oh !...

C'est un long gémissement ; lui aussi commence à se plaindre, plus réservé, d'abord, plus contenu, puis se décidant.

C'est surtout cela qui m'émeut, d'entendre gémir un homme. Il la tient serrée à la taille, il chiffonne cette taille, il la roule sous ses doigts affolés.

Et puis, une main, la main droite, lâche la taille ; je vois Ronnie, qui porte un doigt à sa bouche, qui le mouille de salive, il l'enfonce dans le trou du derrière de la femme de chambre et il fourrage dedans. Elle crie :

— Oh ! oui, comme ça !... Là ! là ! dans l'anus, c'est bon comme ça !... Branle-moi par là aussi !... N'aie pas peur, va vite !... Tu m'encules avec ton doigt !... Tu m'encules !...

Les deux croupes vont vite, si vite à la rencontre l'une de l'autre. Et j'entends tout à coup :

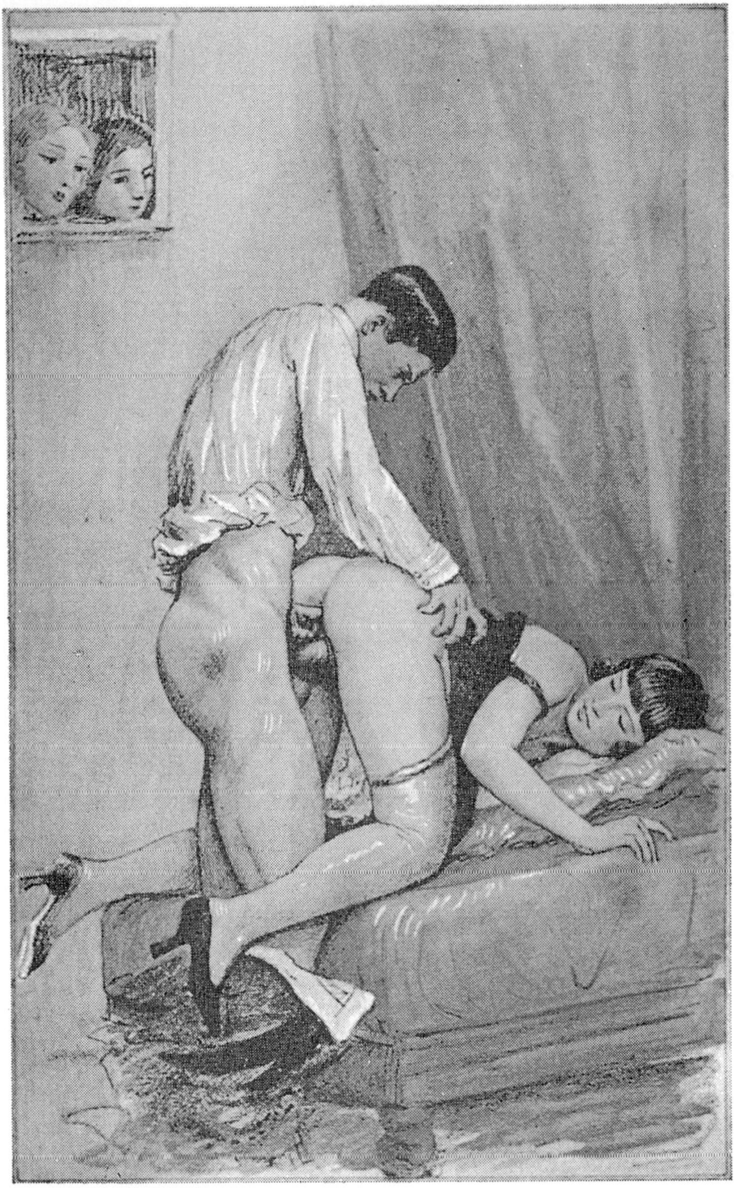

— Oh ! ta queue se gonfle !... Je sens que tu vas décharger !... Oh ! fais attention, chéri, ne décharge pas dans moi, il n'y a rien pour se laver ici !... Retire-toi, je t'en prie, décharge-moi entre les fesses !... Ah ! je voudrais tant que tu me mouilles dedans, mais pas aujourd'hui ! Quand tu sentiras que cela vient, sors et décharge-moi entre les fesses !... Dis, tu me déchargeras là, ce sera bon tout de même, chéri, une autre fois tu me le feras dedans !...

Elle le supplie d'une voix rauque, il pousse encore quelques coups furieux et, tout à coup, son membre se retire, il le colle avec la main entre la rainure des fesses ; je vois un jet blanc qui part, qui jaillit jusqu'au milieu du dos de la femme.

— Là, là, tu me mouilles !... C'est bon quand tu me mouilles !...

Ils ne bougent plus, il est couché sur son dos.

Je redescends de ma chaise. Stasia me voit émue, tout à l'envers ; elle me dit, infiniment compréhensive :

— Si tu veux être seule, les lavabos sont là !

Elle me pousse.

— Va ! va vite ! J'attendrai devant la porte pour que personne ne te dérange.

Seulement, quand je sors, elle n'est plus là et les gémissements ont repris de plus belle, auxquels se mêlent les siens.

Chelsea. La porte noire entrebâillée ; l'escalier qui tourne ; un studio magnifiquement éclairé qui donne sur la Tamise.

Me voilà devant Vassili ; je le regarde.

Est-ce sa jolie petite gueule qui m'inspire, son air tendre, mais je me sens sentimentale, prête à tous les lyrismes. Je lui dis tout à coup, émue :

— Ça ne doit pas être gai, n'est-ce pas, pauvre petit, cette vie que vous menez ?... J'ai idée que vous ne devez pas être heureux tous les jours, hein ?... Et pourtant, joli garçon comme vous êtes... ça serait gentil de vivre un peu désintéressé !... Vous ne sentez pas la douceur de cette journée ?... Est-ce que ça ne vous fait pas envie, l'amour, le simple amour ?... Comme ça serait bon d'avancer ensemble sur cette route ensoleillée !... Ah ! la vie peut être belle, vous savez !...

Je m'emballe, je m'exalte.

— Tenez, regardez dans la glace, le joli couple que nous faisons ! Quand je vous ai vu, j'ai pensé tout de suite à cela. Ah ! vous valez mieux que vous n'en avez l'air ! Mieux que vous ne le croyez vous-même ! Oui, il est impossible qu'au fond de vous-même, avec cet air angélique, vous ne désiriez pas autre chose ! Oh ! je ne vous condamne pas, on ne doit pas juger !...

Je répète, infiniment compréhensive, comme les baronnes du Faubourg quand elles vont voir leurs pauvres : « on ne doit pas juger ».

Mais qu'est-ce qu'il a tout à coup, qu'est-ce qui le prend ?... Il s'est levé, la voix furieuse :

— Dis donc, t'as pas fini ton boniment ?... Alors, pour deux cents balles tu crois que je vais te donner du sentiment, salope !... Tu crois que je vais te susurrer des choses !... Ah ! mince alors, si on avait que des clientes comme cela !...

Mon Dieu, que veut-il faire ? Il me saisit brusquement, il m'empoigne. Courte bagarre ; je me débats, mais il tient bon ; il est tellement serré contre moi que je commence à trouver que c'est follement intime de se battre.

Il m'a ramené les bras derrière mon dos ; il a réuni mes deux poignets dans une de ses mains, il essaie de me les ficeler avec un petit foulard qui traînait par là, sur le divan. Ça y est, il y arrive.

Mais pourquoi, grand Dieu ? Il ne veut pas me tuer, tout de même ! C'est si imprévu et je suis si étonnée que je ne peux même pas résister.

— Là, maintenant, fait-il, j'espère que tu te tiendras tranquille ; tu vas voir, je vais te faire passer tes bons sentiments !

Il rit, d'un mauvais rire ; j'ai peur ; c'est si horrible ce qui m'arrive.

Et brusquement il me pousse, il me fait culbuter sur le divan ; je tombe à genoux le derrière plus haut que la tête, dans une position horriblement humiliante et qui me met à sa merci.

Je sens une main qui relève ma robe, qui me retrousse ; je suis tout exposée à son regard, la croupe bombée malgré moi ; je veux me retourner, ou plutôt ma tête veut se retourner, pour voir ce qui se passe à l'arrière, mais une autre main, brutale et sans réplique, m'enfonce la figure dans un des coussins du divan.

— Reste tranquille, maintenant, hein ! Ça vaut mieux ! Et gueule pas, personne ne viendra !

Je ne « gueule pas », comme dit ce mufle ; j'ai peur, mais ce qui m'étonne moi-même, je n'ai pas envie de partir.

Les mains s'attaquent à ma culotte et me l'arrachent, difficilement d'ailleurs, parce que ma croupe, ces derniers temps, a plutôt grossi et que le tissu est très tendu sur mes fesses.

Enfin il en vient à bout, l'étoffe glisse le long de mes fesses, le long de mes mollets avec tout un cortège de petites sensations dont je ne perds rien.

La culotte arrivée au bout de sa course, le bandit, avec une adresse diabolique, tord le tissu autour de mes chevilles et voilà mes deux jambes dans un étau indesserrable.

Rien à faire maintenant, je suis au pouvoir de l'ennemi. Et mes fesses sont nues, honteusement nues et tendues affreusement. De temps en temps il me plaque la poitrine et la figure contre le divan pour que, par contrecoup, la partie postérieure de mon corps soit plus haute.

J'entends au-dessus de moi la voix dure, la voix furieuse de tout à l'heure, dont la rage monte. On sent qu'il s'excite sur ses propres paroles.

— Ah ! tu viendras encore m'embêter avec tes fadeurs, avec tes bons sentiments ! Ah ! je vaux mieux que la vie que je mène ! Tiens, tu vas voir ce que je vais te faire, pour la vie que je mène !

Mon Dieu ! Ce n'est pas seulement me violer qu'il veut, c'est autre chose, une chose horrible que je n'ose pas comprendre. Il a défait la ceinture de cuir de son pantalon.

Non, c'est fou ! C'est impossible ! Il la lève au-dessus de mes fesses.

Ça siffle une seconde en l'air et en même temps je sens une atroce douleur sur mes fesses ; ça claque, je pousse un cri.

— Ah ! c'est horrible, vous êtes fou !

Il recommence.

— Tu vas voir si je suis fou !

La lanière de cuir s'abat de nouveau, rageusement, sur ma croupe.

— Tiens, voilà pour que tu me fiches la paix, pour que vous me fichiez toutes la paix avec vos boniments !

Oh ! ça brûle, ça coupe, j'ai mal, j'ai mal ! Et surtout je suis humiliée, j'ai honte, encore plus honte que mal. Il frappe ; il calcule ses distances maintenant ; il ajuste ses coups.

Oh ! ce n'était jusqu'à présent que sur le gras des fesses, maintenant c'est dans la rainure ! Mes deux globes essaient de se serrer, mais en vain.

Le bandit vise particulièrement le petit trou de mon anus ; je me sens brûlante, bouillante, comme si je m'étais assise le derrière nu sur des orties. Je gémis :

— Non, non, ça fait trop mal !... Oh !... Oh !... pitié !...

Je vois dans la glace, où il y a cinq minutes je regardais le joli couple que nous faisions, je vois mes fesses qui deviennent roses, puis écarlates, ma pauvre croupe qui essaie de fuir sans y arriver, qui se tortille, qui gigote...

Oh ! qu'il s'arrête une minute, qu'il s'arrête ! Je hurle :

— Je vous en prie, arrêtez-vous ! C'est horrible, arrêtez-vous ! Je ferai ce que vous voudrez !... Oh ! j'ai trop mal aux fesses !... Oh ! mes pauvres fesses !... Pitié !... pitié !...

— Ah ! tu veux que j'aie pitié !... Tiens ! voilà comme j'ai pitié !... Qu'est-ce que tu penses de ce coup-là ?...

Mais dans sa rage la ceinture a glissé de ses mains ; j'entends le bruit de la boucle qui heurte le parquet et je vois la ceinture qui file sous la commode.

Alors comme il est trop pressé pour aller la ramasser, ce sont ses mains qui s'abattent sur moi, ses deux mains dures qui claquent : ça bat d'une manière mate sur une large surface et les vibrations vont loin, je sens le choc qui s'étale et toute la secousse se répand en moi.

— Tu croyais que c'était fini, hein ! petite garce !...

Oh ! comme ça change ; il me semble maintenant que la secousse va aussi toucher devant entre mes lèvres. Quelque chose se réveille par là, je n'ai plus envie d'être serrée, d'être contractée. Je me desserre un peu ; je ne voudrais pas, mais malgré moi ça s'ouvre par-devant, ce n'est pas désagréable...

Une nouvelle rafale s'abat et je voudrais garder ses mains collées à mon cul ; je bombe le derrière, je tends les fesses, je les offre maintenant.

Je vois dans la glace ma croupe toute rouge qui monte et qui descend ; je suis toute mouillée, la liqueur commence à couler entre mes cuisses.

Oh ! il s'arrête, il arrache les liens qui entravent mes chevilles et je sens...

Oui, oui, cela maintenant, c'est le moment. Sa queue ! Sa queue ! J'ai besoin de sa queue !...

La tige dure frotte entre la rainure de mes fesses, pas de

fausse pudeur, et d'ailleurs je ne pourrais pas, j'avance la croupe vers le sexe raide.

Les deux mains sont revenues se poser sur mes fesses, mais non plus pour battre, pour les décoller l'une de l'autre. J'entends sa voix :

— Tu vas t'ouvrir, tu entends, ou je te tue !

La tête de l'instrument, passant par en dessous, a trouvé l'entrée ; j'aide la queue à m'empaler et d'un coup elle pénètre. Je crie :

— Oui, c'est ça, chéri !... Oh ! tu vas loin comme cela !... Oh ! tu m'as fait mal tout à l'heure, mais tu vas me consoler maintenant !... Oui, comme cela, console-moi bien au fond !... Sors un peu et rentre brusquement !... Cogne fort, oui !... J'aime comme ça !... Oh ! je vais jouir si tu continues !... Là, là, ça y est !... Oh ! mouille-moi partout, ça me brûle !... Arrose-moi les fesses !...

CHAPITRE X

JE retrouve la maison. Tout est sens dessus dessous. Maman est en plein procès. Un lecteur indigné l'accuse de pornographie. Il y a sa photo dans tous les journaux et des journalistes la traquent.

Maman, sûre de son âme romanesque, se défend comme un diable. Papa rit de tout cela et n'en chérit que plus tendrement l'extraordinaire petit bout de femme qui aime trop pour aimer. Il n'en est pas moins frivole et coureur.

Les deux jumeaux, Antal et Claude, viennent de faire la paix. Ils sont amants de deux sœurs, qui, bien qu'elles ne soient pas jumelles, se ressemblent parfaitement. Sans abandonner leur principe d'aimer la même femme, ils font triompher la morale en n'étant pas les amants de la même.

Tout est pour le mieux dans le meilleur des mondes.

Je suis une femme chaque jour embellie par d'autres bonheurs ; je plonge dans l'amour comme on plonge dans la mer. On perd le souffle, on frissonne, puis on se retrouve nette, baignée, heureuse, confortable.

Stasia est rentrée en France en même temps que moi. Je la présente à maman qui la trouve adorable, à papa qui en tombe amoureux.

Mes frères, naturellement, l'accueillent avec joie. Ce soir, elle est tout excitée :

— Il y aura un « bal apache » à Samois, chez Mrs Ross,

une américaine excentrique, mardi soir ; je crois que ce sera drôle. Si tu veux y aller, prépare un costume épatant.

Il le fut.

Une longue robe de tissu ciré noir ; un tablier de soie rouge brodé d'un cœur noir qui n'était pas à sa vraie place ; un foulard de même couleur, avec un cœur plus petit qui retombait joliment sur ma poitrine. Le coiffeur m'avait, avec mes cheveux demi-longs, fabriqué une espèce de chignon au-dessus de la tête. J'eus du mal à me reconnaître, tant j'avais l'air d'une authentique radeuse 1900.

La fête battait son plein ; ce n'étaient que bagnards, hommes du milieu, filles au sourire raccrocheur. Mes cœurs eurent le plus vif succès et j'étais d'une gaieté étourdissante. Après une danse, je cherchais Stasia, quand je la vis à une table avec plusieurs personnes ; je m'approchai ; elle ne me présenta point. Les usages mondains étaient bannis ce soir-là. Or, à cette table il y avait un homme qui n'était pas déguisé ; il était indiscutablement beau. Jeune encore, trente-cinq ans peut-être, des cheveux blancs, tout blancs, ondulés régulièrement, un visage frais, bronzé, un front droit, des yeux très longs, une bouche délicate que surmontent de fines moustaches plaquées régulièrement. Pas très grand, mais élégant sous l'habit.

Je m'assieds à son côté.

— Vous êtes à l'amende, pourquoi n'êtes-vous pas déguisé ?

— Mais je le suis : je présente un cambrioleur mondain.

Je ris ; il rit avec moi. Nous parlons de choses et d'autres ; de Paris, de l'Amérique, de la France qu'il adore. Nous nous présentons, il s'appelle Roy Wright. Nous nous isolons de la foule ; je me sens en confiance avec lui, désarmée, alors que toujours vis-à-vis des hommes, je me sens ennemie, très tendre ennemie... Et puis je ne sais pourquoi, je lui raconte toute ma vie.

Il y a ainsi une heure où l'on doit se confier, sortir de soi-même, déposer le fardeau des jours que l'on a vécus... Il m'écoute avec ses grands yeux compréhensifs posés sur les miens ; puis, il serre mes mains.

— Il ne faut pas être triste, petite fille ; vous avez vécu comme nous vivons, nous autres hommes, comme il est bon que nous vivions ; vous avez fait le tour de la vie et vous y avez pris cette indulgence, cette connaissance de l'humain qui est plus précieuse que tout...

— Et après ? dis-je, malgré moi... Est-ce que ça, ça continue toute la vie ?...

— Après ?... Eh bien ! vous vous marierez et vous rendrez un homme très heureux ; vous serez une amante parfaite, une vraie femme et peut-être, s'il est digne de vous, ne le tromperez-vous jamais et ajouterez-vous à votre existence une chose que vous n'y avez pas apportée encore : la tendresse.

— L'homme que j'épouserai, où est-il ?...

— Peut-être tout près de vous. J'ai rêvé toute ma vie d'une rencontre comme celle-ci, une femme ardente, fervente, brûlée par la vie et déjà lasse... à qui je donnerais un refuge contre elle-même. Une femme sincère, droite... Voulez-vous m'épouser ?

— Je crois que je le voudrais, mais ce n'est pas possible.

— Mais si !... mais si !... Nous ne nous connaissons pas beaucoup, mais enfin vous vous êtes déjà donnée à des hommes que vous connaissiez moins... Donnez-vous à moi pour plus longtemps, voilà tout... et le divorce existe si cela ne marche pas !... Dites oui...

— Oui !...

Alors, il prend ma tête dans ses mains longues et dépose sur ma bouche un baiser dru comme une cerise de juin.

— Si c'était le bonheur ! dis-je tout bas.

— C'est le bonheur, certainement !

Une minute il s'absente. Stasia en profite pour venir casser mon rêve.

— Il est temps de partir : ton père nous attend avec sa voiture à la porte.

— Mais je ne veux pas m'en aller ; je viens de me fiancer avec Roy.

— Vous étiez si saouls que cela ?

— Nous n'avions pas bu !...

— Ça m'est égal, ton père ne veut pas attendre : il faut partir. S'il veut vraiment te retrouver et t'épouser, il te retrouvera bien !

— Stasia, je t'en prie !...

Je me laisse entraîner...

Blottie au fond de la voiture, je regrette cette conversation de bar qui a fait naître des rêves en moi : je me sens prête aux larmes. Il y avait en Roy une chose que je n'ai trouvée nulle part ailleurs. Une compréhension si totale. Pourquoi faut-il que je sois partie si vite ?...

J'ai l'intuition qu'il doit si bien faire l'amour !

Le lendemain matin, Roy prenait rendez-vous, par téléphone, avec papa. Le soir, à cinq heures, il faisait sa demande.

Comme je tombais dans ses bras :

— Aviez-vous pensé que j'allais vous abandonner ? me dit-il. Un Américain décide vite, mais il tient longtemps ce qu'il a décidé. Maintenant avant de m'embrasser comme ça, avec tant de passion, dites-moi si nous devons rester des fiancés chastes ?... Parce que dans ce cas, vos caresses me feraient plus de mal que de bien.

— Chastes, vous êtes fou, Roy ! Croyez-vous que je vais m'embarrasser d'un mari sans savoir ce qu'il vaut à l'usage ?

— Vous êtes encore plus cynique en jeune fille qu'en cocotte 1900. Bien, mettez-moi à l'épreuve !

— J'irai vous voir, chez vous, ce soir et nous répéterons la grande scène de la nuit de noces pour qu'elle soit parfaite.

Tout le monde s'accorde pour trouver Roy splendide.

Maman, avec angoisse, pose cette question :

— J'espère bien que vous n'avez pas trouvé Florence trop mal élevée, ni trop libre ? En tout cas, je me charge moi-même de la surveiller maintenant.

Et le pire est qu'elle fait comme elle dit. Nous arrivons à peine à nous voir seuls, Roy et moi. Heureusement le mariage a lieu au château de Valfosse.

Enfin, nous y voilà ! Ce que c'est compliqué un mariage, tout de même ! Où ont-ils été chercher cela, ces gens-là ? Toutes ces complications, toutes ces permissions, tous ces usages pour pouvoir être couchés dans le même lit sans qu'on vous blâme. Tous ces papiers qu'il faut aller chercher dans des mairies, avec votre date de naissance, les papiers timbrés, les stations au greffe...

Et la robe ! Pour le moment, c'est le coup de la robe. La maison de mode plutôt chic, celle où papa fait habiller ses nouvelles maîtresses, puisque maman, depuis vingt ans, ne s'habille plus.

La maison de mode m'a déléguée une de ses premières. Ma robe de mariée me va comme un gant, paraît-il. J'aimerais mieux qu'elle m'aille tout bonnement comme une robe, mais il paraît qu'elle me va de cette manière aussi.

La jeune gourde qui me l'essaie, bien gentille d'ailleurs, bien rimellisée, du genre petite fleur poussée entre les pavés de Paris, en est tout émue.

Elle me fait quelques compliments, ceux qu'on a dû l'habituer à faire à la maison mère, rue Royale, ceux qu'on porte en ville. Elle soupire, elle, pour son compte. J'apprends entre deux épingles qui me piquent les omoplates : « Oh ! pardon ! », j'apprends qu'elle a un amant jeune de l'espèce de ceux qui ne se marient pas avec les femmes qu'ils séduisent. Ah ! elle aimerait bien aussi en porter une, de robe comme la mienne !

Je la congédie, un peu brutale, l'envoyant se faire séduire ailleurs. À ce moment, papa entre :

— C'est la dernière fois que nous restons tous les deux avant ton mariage. Je pense qu'un père, à cette occasion, doit dire quelque chose à sa fille... mais je me demande quoi... Les conseils : c'est à la mère de les donner... heureusement !... Parce que... expliquer ça... ça doit être difficile... et moi je suis plus fort en gymnastique qu'en thème. Je veux te dire d'être très heureuse... et d'être indulgente aussi... Vois-tu, les hommes sont quelquefois infidèles, mais ça ne les empêche pas d'être de braves types !...

Il a chaud, le pauvre, je crois qu'il aimerait mieux encore avoir une engueulade avec maman.

Machinalement, pour l'aider, comme à un enterrement où l'on s'ennuie, je siffle un couplet du père Dupanloup : « Père Dupanloup dans son cercueil... ». Papa n'a pas beaucoup d'oreille et moi je ne siffle pas trop juste ; ça fait qu'il ne comprend pas tout de suite. Il sourit enfin, puis s'esquive.

Je me regarde dans la glace. Décidément ma robe me va. Encore quelques petits essais supplémentaires... comme en tête de ligne le mécanicien qui tâte le pouls à sa locomotive.

Je cambre la croupe ; ça fait bien rond ; j'écarte les jambes ; bon, il y a une belle fente ; je me tâte les seins ; parfait, ça ne se décroche pas.

Décidément elle me va et moi aussi je lui vais. Ça va tellement bien que je regrette un peu d'avoir été si rosse avec la petite première de tout à l'heure. Aussi, elle était trop mélancolique. Enfin, passons l'éponge !...

— Qu'est-ce que c'est ?...

C'est maman.

— Comme tu es belle, ma petite fille ! C'est un beau jour, n'est-ce pas ?

— Je crois qu'on est le 23 juin ou le 24. Ah ! pardon, je croyais que tu me demandais la date.

Elle encaisse, stoïque, moins heureuse que les mères qu'elle décrit dans ses romans.

— Tu sais que Stasia est là, elle t'attend dans ta chambre !

— Ah ! très bien, elle attendra !

— Pourquoi es-tu si brusque avec elle ?... Comme tu la brutalises !

— Oui, maman !

— Après tout, elle est plus âgée que toi !

— Oui, maman !

— Sois plus aimable avec elle !

— Oui, maman !

Elle sort enfin.

J'ai fini de me regarder, de m'admirer, de me prodiguer des encouragements. Et Stasia qui attend !... C'est vrai que je l'ai un peu brusquée ces derniers temps, Stasia.

Je lui en veux un peu, depuis le jour... depuis la fois où... enfin depuis qu'elle m'a entraînée dans le petit endroit où elle a obtenu de moi ce qu'elle voulait ; j'ai un peu de rancune contre elle.

Oh ! j'ai eu du plaisir, beaucoup de plaisir, mais elle ne m'avait pas consultée pour me le donner, et c'est bête, mon petit amour-propre — comme on appelle ça — en est resté un peu chiffonné.

Je pousse la porte de ma chambre. Stasia est là, couchée sur mon lit.

Elle attendra, ai-je dit à maman. Elle a attendu, si bien attendu qu'elle s'est endormie.

Elle a un beau sommeil de femme voluptueuse, de femme

dont la fatigue vient de ça et qui se donne un peu de repos pour recommencer à se fatiguer avec ça.

Elle dort comme il devrait y avoir une loi qui ordonnerait à toutes les jolies femmes de dormir. Elle dort, les cuisses écartées, une jambe par terre, l'autre repliée. Sa robe, jugée gênante par le sommeil, a été relevée.

Elle a enlevé sa ceinture qui traîne par terre, conservant encore la forme de ses deux fesses bien rondes et un peu fortes. On lui voit tout. L'ombre légère et en triangle des poils sur la peau brune. On voit les lèvres roses que le souffle de sa respiration ouvre et rapproche tour à tour. On voit le petit vestibule rose, on voit l'entrée, on voit le fond.

On en voit tant et ça donne tellement envie d'en voir davantage que je me mets à genoux, sur le tapis, pour mieux étudier.

Ah ! il faut que je sois aimable avec elle ! Ah ! je ne suis pas correcte !... Eh bien ! on va voir !...

Je me penche ; je pose ma bouche sur son bas de soie, je remonte doucement en frottant les lèvres. Ah ! là, il n'y a plus de soie, c'est la chair, la bonne chair douce et chaude ; j'ai envie d'en mordre un peu, d'en pincer un peu entre mes lèvres. Et j'avance vers la vallée. Elle fait en dormant un léger mouvement des fesses ; je prends dans la main sa jambe qui repose par terre ; je la soulève un peu pour rendre plus facile l'accès de l'endroit.

Ah ! je n'ai pas été polie avec toi !... Tiens, je vais être polie !... Tiens, voilà mes civilités empressées !... Je lui suce les petites lèvres ; je repousse les chairs avec ma langue qui pointe.

Tiens, voilà comme je vais te mordre !... Voilà comme je vais te sucer !... Tu sens ma langue pointue qui entre, qui s'enfonce !... Tiens ! tu veux un coup de langue sur le clitoris !... Tiens, tu dors, mais je vais te faire mouiller dans ma bouche, ça te réveillera !... Tiens, comme cela on ne me reprochera pas d'être mal élevée avec toi !... Tiens !...

Elle frissonne, elle se réveille ; je ne sais ce qu'elle pense, mais elle pousse un peu sa croupe vers le bord du lit pour la rapprocher de moi.

— Oh ! oui, comme cela, Florence chérie !...

Elle appuie ma tête plus fort entre ses cuisses.

— Oui ! oui ! Comme cela !... Oui !...

Elle gémit, je l'entends qui râle.

— Oh ! ta robe de mariée, ta robe blanche, comme je suis contente, comme ça me fait jouir que tu sois venue me faire cela en robe de mariée !... Oh ! ta bouche qui me mord !... Oh ! comme tu me manges !... Oh ! ne te fâche pas !... Oh ! je voudrais !... Oh ! arrête un peu, que je puisse te le dire !... Je voudrais... Oh ! j'ai envie, tu ne m'en voudras pas, jure-moi que tu ne m'en voudras pas !... Oh ! ça serait si gentil, quand je mouillerai bien, je voudrais que tu m'essuies mon jus doucement avec ta robe !... Avec ta robe de mariée !... Tu voudras bien, dis, avec l'envers, pour qu'on ne voie pas !... Ça me fera tellement jouir !... Tu veux ?...

Je veux bien ; je la suce follement.

— Là, là, ça y est !... Je mouille bien !... Tu sens comme je mouille ?... Oh ! essuie-moi doucement !... Là, oh ! j'ai mouillé ta robe !... Oh ! ça m'excite tant !... Oh ! je jouis...

Dix minutes, un quart d'heure se sont passés. Les deux femmes affolées que nous étions redeviennent deux jolies petites femmes tout court.

Je retrouve la Stasia qui plaisante, qui rit, qui sait être folle et faire peur, faire peur en faisant jouir au fond du gouffre et qui sait aussi, dix minutes après, vous faire revenir sur la terre où l'on a confiance. La Stasia qui me donne de bons conseils en capotant ma robe.

— S'il te demande des choses qui te paraissent impossibles, ne refuse pas. Il n'y a rien d'impossible. Tout ce qu'on invente est possible. Laisse l'impossible à tes rivales. Tâche de lui faire comprendre que ce qui est impossible au dehors est possible à la maison, au foyer. S'il te demande des choses impossibles, accorde-les-lui et essaie d'avoir du plaisir en les faisant. S'il veut te faire un enfant par l'oreille, arrange-toi pour avoir du plaisir par l'oreille. Et s'il veut te mettre un godemiché, prépare toi-même le lait chaud. S'il veut que tu dises que tu t'oublies dans la bouche de ta mère pendant qu'il te rend hommage à la sodomite, dis-le-lui. Ta mère te pardonnera et quand même elle ne te pardonnerait pas, ça vaut mieux que d'attraper la scarlatine.

Je dis, oui ! oui !... Au fond, c'est moral.

C'est une autre morale que l'ordinaire, mais c'en est une, une morale qui peut avoir cours après tout.

Elle sort en riant.

Cinq minutes plus tard, Roy, mon futur mari, entre en mangeant un énorme sandwich qu'il dévore à belles dents.

— J'ai faim ! Pas vous ?... Ça me donne faim de savoir qu'on va se marier !...

Justement, je suis en train de chercher, sur le tapis, une petite épingle perdue dans la lutte. Je suis agenouillée, un peu mal à l'aise dans ma longue robe blanche ; la croupe plus haut que la tête, cambrée plus que je ne voudrais ; je veux me relever, mais sa main libre me retient à terre, l'autre tient le sandwich.

— Oh ! fait-il, avec son accent yankee, rappelez-moi donc s'il vous plaît (il croque un bout de rosbif) comment vous dites en français pour les boules sur lesquelles les petits enfants apprennent la géographie ! Mappemonde ! je pense, n'est-ce pas ?... Oh ! faites voir votre belle mappemonde !...

Il touche, en hochant la tête d'un air bien convaincu :

— Belle !... belle mappemonde !...

Je fais un effort pour me relever, mais il me maintient ferme.

— Oh ! restez une minute comme cela, je vous en prie !... Vous voulez un corniche ?...

Je rectifie d'en bas :

— Cornichon !...

— Nichon, *if you want* ! Tenez, mettez cela dans votre bouche pendant que je vais mettre autre chose ailleurs !...

Il a posé le sandwich sur le tapis.

— Là, tenez !...

Je tourne la tête tant que je peux.

— Oh !...

Il a déboutonné sa culotte, il en sort son sexe tendu et dur.

— Oh !...

Je me débats sous sa poigne énergique, la poigne de ce représentant d'un peuple neuf. Mais lui :

— Ne soyez pas contrariante, vous savez que votre mère m'a envoyé pour vous dépêcher. Il paraît qu'ils s'impatientent là-bas, les gens !

— Roy, je vous en supplie, d'abord ça n'entrera jamais comme cela, vous allez me faire mal !

— Non, non, il faut absolument !...

— Roy, vous savez qu'il faut mettre quelque chose pour que ça entre par ce côté. Chaque fois que vous l'avez fait, vous avez mis quelque chose. Roy, mon chéri, vous êtes trop fort, vous allez me faire mal ! Ce soir, je vous le donnerai, vous vous préparerez et vous me l'enfoncerez ! Ce soir ! puisque je ne vous quitterai plus !...

— Non, non, il faut absolument maintenant.

— Roy, je vous en supplie, on nous attend !...

— Justement !

— Et ma robe, Roy ?... Ma robe de mariée, comment vais-je faire si vous me la déchirez ?... Regardez comme elle est tendue !... Oh ! vous allez la faire craquer ! Roy, chéri, laissez-moi !... Roy, ma robe de mariée !...

Mais cela ne l'a pas calmé ; au contraire. Les mots « robe de mariée » le rendent fou.

— Ah ! comme vous dites cela, votre robe de mariée ! Justement, je veux ; je veux parce que vous avez une robe de mariée. Oh ! cochonne, je veux vous le mettre comme cela, par le trou de derrière, dans votre robe de mariée. Oh ! tenez, dans votre robe de mariée !...

Il m'a rejetée brutalement ma robe sur la tête ; je suis à moitié étouffée là-dessous. Sa queue est entre mes fesses, juste à l'entrée du trou qui commence à palpiter. S'il pousse, il me fera mal, mais il entrera.

Mais que fait-il, avec sa main libre ?

Il a ramassé le sandwich jeté sur le tapis, il racle avec un doigt le beurre qui est sur le pain, il me le met au bord du trou, il m'en met un peu à l'intérieur. Il appuie de nouveau sa queue.

Ah ! ça me dégoûte, ce procédé !... Ah ! c'est dégoûtant, décidément, mais en même temps ça m'excite !... Et je sens sa queue qui commence à entrer. Le gland d'abord, qui force sur l'ouverture, puis un morceau du reste.

Ça glisse lentement, mais mon anus ne fait plus de résistance. Roy donne un coup énergique et voilà sa queue logée tout entière jusqu'aux bourses.

Ah ! ça commence à monter en moi. Comme toujours quand on me fait ça, cela monte d'une manière qui n'est pas la même que quand on me la met devant, mais c'est si bon !

Il va et vient à l'aise, maintenant, dans moi, bien lubrifiée et pleine de plaisir ; je me suis élargie. Son autre main, avec laquelle il n'a plus besoin de me maintenir de force, me branle devant, me frotte le clitoris. Il parle avec sa voix rauque :

— Ah ! que j'aime vous mettre comme cela, Flo chérie !... Ah ! dans votre robe de mariée !... Ah ! vous ne vouliez pas !... J'ai presque dû vous violer par là !... Ah ! je vous viole par le derrière, vous sentez ?... Ah ! c'est bon d'aller au fond de vous par là !... Ah ! vous êtes chaude !... Ah ! vous aimez, n'est-ce pas ?... C'est si bien de vous faire cela quand vous êtes dans votre robe !... Oh ! tenez, je pousse !... Je me retiens un peu et je pousse !... Ah ! ça vient, je vais décharger dans vous !... Vous serez gentille n'est-ce pas, vous ne vous laverez pas après ?... Je veux que vous alliez à la mairie, vous marier avec moi, avec mon sperme au fond de votre trou !... Vous le ferez, dites !... Oh ! tenez !...

Je sens le jet brûlant au fond de mes entrailles.

Vite, vite, il est l'heure ; je descends. Maman pose le voile sur ma tête ; elle s'éloigne pour mieux m'admirer et rosit de plaisir.

— Ton mari sera content ! dit-elle.

— Moi aussi, j'espère !

Je dis cela, frémissante encore de la possession de Roy, à laquelle je pense sous les voiles immaculés.

— N'y compte pas trop, fait maman.

Et puis, après une pause :

— Flo, as-tu idée de ce qu'est le mariage ?...

— Un peu, maman !

— Alors, tu sais que les hommes se livrent sur les femmes à des gestes terriblement bestiaux... Vois-tu, ma pauvre enfant, j'ai peur que tout cela ne t'apporte bien des déceptions, comme à moi... Et je vais te donner le seul conseil qui soit bon : laisse faire et supporte... sans dire ton dégoût !...

Alors, je baisse les yeux comme une authentique mariée et, envoyant à mes amants un dernier souvenir plein de reconnaissance, je dis, confuse, sous mes voiles liliaux :

— Oui, maman !... J'essaierai de supporter !...

Photocomposition : Nord Compo
59650 Villeneuve-d'Ascq

Impression réalisée sur CAMERON par

BUSSIÈRE CAMEDAN IMPRIMERIES

GROUPE CPI

à Saint-Amand-Montrond (Cher)
en juillet 2002

Édition exclusivement réservée
aux adhérents du Club
Le Grand Livre du Mois
15, rue des Sablons
75116 Paris
réalisée avec l'aimable autorisation des éditions Pré aux Clercs
ISBN : 2-7028-1732-7

N° d'impression : 023114/1.
Dépôt légal : février 1998.

Imprimé en France